Osc

Dello stesso autore

nella collezione Oscar

I contemporanei del futuro
Il giocatore invisibile
La grande sera
L'isola volante
La morte in banca
Nati due volte
Il raggio d'ombra
Vite di uomini non illustri

Giuseppe Pontiggia

PRIMA PERSONA

OSCAR MONDADORI

I edizione Scrittori italiani e stranieri agosto 2002
I edizione Oscar scrittori del Novecento luglio 2003

ISBN 88-04-52103-1

Questo volume è stato stampato
presso Mondadori Printing S.p.A.
Stabilimento NSM - Cles (TN)
Stampato in Italia. Printed in Ital

www.librimondadori.it

www.giuseppepontiggia.net

Indice

Prima persona

Risveglio – Accendo la televisione dal letto. Cinque morti nel crollo di una palazzina, un treno deraglia a Marsiglia, l'incidenza delle malattie cardiovascolari sulla mortalità precoce, due impiccati nella stessa mattina in un carcere della Virginia, l'aumento della disoccupazione come fenomeno stabile, bambini di sei mesi impiegati in videotape a luci rosse.

Spengo la televisione. Mi alzo. Sono pronto per uscire.

✧

I numeri della mafia – I 500 latitanti più pericolosi della mafia sono diventati di colpo, nelle dichiarazioni ufficiali, i 30 più pericolosi. Mi pare un progresso.

Non credo abbiano catturato gli altri 470, nonostante i successi innegabili degli anni recenti. Si è evidentemente introdotta una selezione più elitaria e più rassicurante. 30 è pur sempre un numero rispettabile, ma le sottrazioni diventano confortanti: 23, 22, 21. 500 invece alimentava lo sgomento: 493, 492, 491. Non era un plotone di clandestini acquattati nei covi, era un esercito stanziale distribuito sul territorio. Inoltre il superlativo relativo "più pericolosi" proiettava sullo sfondo un numero impressionante di "pericolosi" di grado normale.

Non so come si sia arrivati a questa variazione. Né se esprima una riduzione dei mafiosi liberi. In Italia si preferisce cambiare la nomenclatura anziché la realtà. Certo chi ha introdotto la variante è esperto, se non di mafia, di linguaggio.

✧

Wagner e Garibaldi ad Acireale – Scopro su "Diario" una storia zen che ha come protagonisti Wagner e Garibaldi.

Nell'articolo di Roberto Alajmo sul soggiorno di Wagner a Palermo, tra il 1881 e il 1882, si racconta l'incontro a distanza, avvenuto ad Acireale, tra l'inventore della musica dell'avvenire e l'eroe dei due mondi.

Il treno che trasporta Garibaldi si ferma alla stazione, proprio di fronte all'Hotel delle Terme, residenza temporanea di Wagner.

La folla acclama.

Il compositore in vestaglia scende in strada e chiede al direttore dell'albergo chi è quel vecchio acclamato dalla folla.

Il direttore dell'albergo gli risponde che è l'eroe dei due mondi.

Wagner dice: «Ah!».

A sua volta Garibaldi, vedendo dal treno quella figura venerabile in vestaglia, chiede chi sia.

Gli viene risposto che è l'inventore della musica dell'avvenire.

Garibaldi dice: «Ah!».

Nessuno dei due si muove, il treno riparte.

È un evento che nella storia dell'Occidente – come si suole dire per convenzione astronomica – non ha uguali. Due uomini epocali suggellano il loro muto incontro con l'interiezione più arcaica: «Ah!».

Viene così risparmiata ai posteri ogni frase memorabile e ci si limita a un lascito esemplarmente alieno da ogni volontà dimostrativa ("Ah!"), da ogni entusiasmo edificante ("Ah!"), da ogni scoperta della comune matrice storica ("Ah!"), da ogni irrinunciabile impegno, compito o missione ("Ah!"), da ogni abbraccio fraterno ("Ah!").

Ci viene offerta invece l'immagine familiare e dimessa di una curiosità rassegnata ("Ah!"), di una concentrazione distratta ("Ah!"), di una Storia centripeta trasformata in Storia centrifuga ("Ah!"), di un presentimento della fine ("Ah!"), di una evasione privata ("Ah!"), di uno scandaglio intimo ("Ah!").

Anche "Ah!" del resto, secondo alcuni grammatici, è una frase. Solo che ne contiene così tante, da diventare alla fine la più ricca ("Ah!") e la più completa ("Ah!").

✧

Incontro con Grillo – Ho conosciuto Grillo in una pizzeria, alla fine di un suo spettacolo. Stremato, occhieggiava ancora furbescamente sopra le teste degli interlocutori.

Ho sempre amato la comicità e i comici, anche se, quando sono seri, mi provocano un certo disorientamento, lo stesso, credo, che provochiamo noi a loro, aspettandoci che ci facciano ridere.

Ricordo che in quella occasione avevo cercato di farlo sorridere (imperdonabile con i comici) e c'ero riuscito. Avevo raccontato, a lui ligure, la differenza linguistica che avevo notato tra l'acquirente milanese e l'acquirente genovese. Il milanese entra in un negozio, esamina, sceglie, poi chiede: «Quanto le devo?». Il genovese entra, esamina, sceglie, poi chiede: «Quanto mi prende?». Mi aveva chiesto se poteva raccontare questa differenza, citando la fonte. Avevo subito acconsentito, pur pensando che non l'avrebbe citata.

I letterati, sia detto tra parentesi, "prendono" spesso, ma si guardano bene dal dichiarare la fonte. Un amico mi aveva addirittura detto: «Hai visto che ti ho citato?». «No» gli avevo risposto, «non hai fatto il mio nome.» «Sì, però il pensiero era tuo» mi aveva detto.

Grillo invece aveva mantenuto la parola (così ho saputo), a conferma che, in un Paese di comici involontari, tra le poche persone affidabili ci sono i comici di professione.

✧

La caduta dei capelli – Ho la mania dei capelli. Parlo dei miei, ho la paura che cadano.

È cominciata a diciassette anni. Da allora ho sempre usato lozioni, frizioni, pozioni, con un accanimento terapeutico che ha dato buoni risultati. A distanza di mezzo secolo posso dirlo, benché forse – come commenterebbe uno scettico – li avrei ottenuti anche senza fare niente. È questa l'idea di medicina che coltivano molte persone.

Mio figlio li sta perdendo.

Gliel'ho fatto notare, con la puntualità intempestiva dei padri, e mi ha risposto:

«Non preoccuparti, non m'interessa niente.»

«Possibile?» gli ho chiesto.

«Niente, credimi.»

Ha aggiunto, con un certo orgoglio intellettuale, tra didattico e bonario:

«Mi interessa quello che sta dentro la testa, non fuori.»

«Sì, ma anche l'esterno ha la sua importanza.»

«Papà» mi ha risposto con pazienza, «non sono malato come te.»

Rifletto, reagisco:

«Comunque qualcosa potresti fare. Che cosa ti costa?»

«No!» mi risponde con decisione.

«Ma insomma, fallo per me!»

Non so se sto perorando o pregando.

Insisto:

«Non puoi farlo per me? La vedi come una limitazione della tua libertà?»

«No» mi risponde. «La vedo come una limitazione della tua intelligenza.»

✧

Anagrafe del pessimismo e dell'ottimismo – Il pessimismo nasce in Francia nel 1759.

Sulla data di nascita si registra tra i linguisti una convergenza rassicurante; sulla identità del padre, come spesso avviene, no. C'è chi ha pensato a Mallet du Pan, illuminista radicale in gioventù e liberale moderato nella maturità. Nel 1759 però aveva dieci anni ed è improbabile che, a quella età, coniasse un neologismo così inquietante.

Il pessimismo viene accettato alla Académie, secondo il Littré, quasi un secolo dopo, nel 1835, mentre secondo il Lalande nel 1878. Comprensibile in ogni caso la resistenza dei membri della Accademia, che si chiamavano Immortali.

L'ottimismo era nato ventidue anni prima. Compare per la prima volta nel mensile dei gesuiti parigini "Mémoires de Trévoux", febbraio 1737, a definire la teodicea di Leibniz, secondo cui il mondo attuale è il migliore dei mondi possibili. Il termine viene reso famoso da Voltaire, con *Candide ou l'optimisme*, diventando il sottofondo grottesco delle disavventure più atroci. L'ottimismo viene così divulgato dall'opera che lo distrugge. Non stupisce comunque che venga accolto nella Académie già nel 1762, quasi un secolo prima del suo antagonista.

L'ottimismo entra in Italia nel 1875, attraverso il glorioso *Dizionario* del Tommaseo. Nella sua *brevitas* la definizione è una scaglia lucente:

"Dottrina o Massima o Abito di chi afferma ottimo tutto quel che è."

In compenso il pessimismo non passa. Tommaseo si ferma a pessimista, dedicandogli una voce curiosa, tra psicologica e classista:

"Dicono chi giudica uomini e cose, prevede e indovina, sempre il male e peggio. Contrario di Ottimista. Non è del povero popolo."

Dove al povero popolo non si capisce se tocchi l'ultima pacca sulle spalle o l'ultima bastonata. Mi sembra però coerente che al pessimismo non dedicasse una voce il Tommaseo, credente tormentato e fornicatore attivissimo. Per lui, globalmente, vale quella definizione che Manzoni aveva dato del suo romanzo *Fede e bellezza* e che non può attagliarsi a un pessimista:

"Un pasticcio di giovedì grasso e di venerdì santo."

✧

Messaggi positivi – "Basta con le parole *ottimismo* e *pessimismo*, abusate fino al disgusto!" Nietzsche, in *Umano, troppo umano*, le considera "parole screditate".

Del resto nell'uso corrente indicano, più che una visione del mondo, un orientamento umorale, cui sarebbe eccessivo attribuire significati più importanti. Oppure indicano un orientamento funzionale, cui sarebbe giusto attribuire significati specifici. Ad esempio l'ottimismo dei venditori. O l'ottimismo dei politici. O l'ottimismo della pubblicità, divenuta la più universale produttrice di messaggi positivi.

I veri pessimisti sono i venditori di ottimismo. Disperano tanto dell'uomo da ingannarlo con le speranze. E poi si chiedono agli artisti messaggi positivi! Lasciate che ci aiutino ad avvicinare, attraverso la bellezza, la verità. È questo il loro messaggio positivo. Per l'ottimismo ci sono i professionisti!

✧

Messaggi post mortem – Nella casa dove abito viveva, al secondo piano, un vecchio pensionato che è morto sedici anni fa. Ma continuano ad arrivargli per posta offerte di lavoro e di viaggio.

Non so perché il postino le infili nella mia buca. Probabilmente perché è la più grande. Comunque non protesto. È meglio, finché imbucano, non svegliare i postini che dormono. Ce n'è che preferiscono non imbucare, magari per risparmiarsi la fatica di un recapito. Scrivono che il destinatario era assente, mentre è rimasto in casa tutto il giorno. Succede con alcuni pacchetti, come mi assicura qualche libraio costernato. Così, quando la posta degli altri precipita nella mia buca, provvedo io a smistarla nelle buche degli altri.

Con il pensionato però non posso farlo.

Sono buste aperte, di carattere commerciale e pubblicitario, e non mancano di sottoporgli proposte interessanti. L'ultima diceva:

"Il nostro centro di formazione è lieto di offrire la partecipazione a corsi pratici sulle nuove figure professionali della New Economy, quali

WEB DESIGNER HTML
PROGRAMMATORE JAVA

Per un giovane non è importante sapere, ma saper fare. La nostra organizzazione 'insegna l'esperienza' e propone lezioni teorico-pratiche tenute da qualificati professionisti e orari di frequenza flessibili secondo le esigenze di ognuno."

Mi chiedo quali sarebbero le esigenze del pensionato. Oggi avrebbe centootto anni. Era stato funzionario delle Poste e immagino deprecherebbe questi messaggi tardivi, questo spreco di carta per destinatari inesistenti, o meglio già esistiti.

Lo invitano alle Maldive, alle Azzorre, alle Canarie, a crociere di quindici giorni nel Mediterraneo, su navi lussuose differenziate in classi, ma con le ciminiere finte in comune.

Rivedo l'aria scoraggiata in lui abituale, le braccia abbandonate lungo il corpo ossuto, gli occhi socchiusi, le linee spezzate, come in una caricatura dell'epoca della sua gioventù, primo Novecento. Andava ogni estate in una cittadina ligure, dove affittava un bilocale sopra la ferrovia, e quando gli avevo chiesto perché ritornava sempre in quei luoghi, mi aveva risposto con un mezzo sorriso: «Perché li conosco».

Deve esserci un errore negli indirizzari, anche se di solito risultano bene informati. Quando un giovane sta per ultimare la scuola, se ne mobilitano altre che promettono di insegnargli quello che non ha appreso nella sua. Se a una coppia nasce un figlio, le industrie della puericultura e del giocattolo si congratulano, offrendosi come madrine. Chiunque abbia avuto un morto in casa sa che riceve le prime condoglianze partecipi da gravi e compunte agenzie di pompe funebri. Il caso del pensionato è anomalo.

Credo che in vita non abbia mai ricevuto tanti stimoli come da defunto. Se lo contendono scuole di danza, palestre di ginnastica, piscine riscaldate.

Dopo la morte non è stato probabilmente cancellato dai computer e sopravvive con dati anagrafici non suoi. Non si spiega altrimenti come, passando gli anni, torni giovane. Gli mandano piani di ammortamento ventennali per l'acquisto di una villetta a schiera sulla Costa Azzurra.

Era un uomo riservato, schivo, malinconico. Raccoglieva etichette di vini di bottiglia, ma non aveva circoscritto la ricerca a una nazione, a una regione, a un vitigno. Per un collezionista sarebbe un errore fatale, ma forse lui non aspirava a esserlo. È difficile entrare nella mente degli altri non meno che nella propria.

Aveva accumulato in uno stanzino pile di etichette, che esacerbavano le rimostranze di sua moglie, conscia della loro infruttuosità e defunta due anni prima di lui. Dopo di allora aveva cessato di raccoglierle, non si sa se per una pacificazione (o una vendetta) postuma.

Gli inviano questionari su prodotti biotecnologici, chiedendogli se li apprezza e li consuma. Ma soprattutto gli prospettano nuove attività, tecnico motorista aeronautico, assistente di volo, nuovi *jobs*, come amano scrivere pensando di allettarlo con un venticello di inglese commerciale. Non ha mai avuto tanto futuro.

Niente mi dà come queste lettere un senso agghiacciante e ilare del tempo che passa.

✧

La poesia come accrescimento di vitalità – La parola pessimismo, nello *Zibaldone*, ricorre una volta sola. È un dettaglio che non ha il potere di scalfire la sacra distinzione tra pessimismo storico e cosmico, giaculatoria ipnotica imposta a generazioni di studenti come un viatico per la poesia di Leopardi. Ma non è questo il punto. La categoria dottrinaria del pessimismo non ha il potere di farci capire la poesia di Leopardi e quello che ci trasmette.

Il poeta del dolore, della infelicità, della morte? Nessuno come lui ci ha dato una immagine luminosa e dolce della felicità, del paesaggio, dell'amore, della giovinezza. Certo le sue parole, se tradotte in parafrasi, dicono altro. Ma appunto, non vanno tradotte!

"Silvia, rimembri ancora / quel tempo della tua vita mortale..." Il poeta ridà la vita a Silvia, le parla, non sta compiangendo una coetanea di Recanati, come ci impongono i commentatori. Dov'è Recanati? Nella poesia non c'è. E la "tomba ignuda"? Mai la morte è stata una immagine così compiuta e perfetta. Morte, dov'è la tua vittoria?

Nella poesia la corrente delle parole è risalita dalla controcorrente del ritmo, delle assonanze, della musica. E le parole dicono spesso qualcosa di radicalmente diverso da quello che dicono nella lingua della comunicazione.

La poesia come "accrescimento di vitalità". Per me era stata illuminante, in anni lontani, l'attenzione che Alfredo Giuliani, nella prima prefazione ai

Novissimi, del 1961, aveva riservato a una nota dello *Zibaldone* del 1° febbraio 1829. Diceva Leopardi:

"Dalla lettura di un pezzo di vera, contemporanea poesia [...] si può [...] dir quello che di un sorriso diceva lo Sterne; che essa aggiunge un filo alla tela brevissima della nostra vita. Essa ci rinfresca, per così dire; e ci accresce la vitalità."

Quarant'anni dopo, nella Introduzione al *Leopardi* dei "Cento Libri per Mille Anni", diretti da Pedullà per il Poligrafico, Giuliani riprende questo concetto di vitalità e lo intensifica in una trama di rinvii e di citazioni: come quei cenni leopardiani alle opere di genio che "quando anche rappresentino al vivo la nullità delle cose [...] raccendono l'entusiasmo" nell'anima; perché "non trattando né rappresentando altro che la morte, le rendono, almeno momentaneamente, quella vita che aveva perduta".

Queste "intuizioni del rovescio" Giuliani le colloca, con lucidità smagliante, in un sistema di pensiero. Sottolinea però che "la poesia rispetto a qualsivoglia oggetto o esperienza o gioco linguistico che l'abbia suscitata, e perfino rispetto al suo contenuto più o meno manifesto, è pur sempre *una cosa in più*".

Molti tendono a pensare la poesia come una cosa in meno. Ma Giuliani la definisce *una cosa in più*.

✧

Aspettative – Mai tornare in un luogo indimenticabile. Mai sarà come lo ricordiamo.

Meglio non dirlo ai ristoratori.

✧

Viaggi intorno – Pascal:

"Tutta l'infelicità degli uomini deriva da una cosa sola, dal non sapersene stare tranquilli in una camera."

L'ho sempre associato a una immagine di felicità: leggere in una camera. Pascal non parla di leggere (è più sapiente), però usa un aggettivo, "tranquilli", che esprime serenità, autonomia, pienezza del presente.

Il *Viaggio intorno alla mia camera* di Xavier de Maistre mostra alla fine del Settecento, con l'evidenza dell'arte, che cosa può diventare un soggiorno coatto (quarantadue giorni agli arresti) per un personaggio romantico: un periplo di desideri, attese, ricordi, speranze. La camera, se pure descritta minutamente nei suoi limiti, si apre a spazi illimitati nei sogni del suo avventuroso abitante.

L'ultima variazione involontariamente comica, ma tipicamente italiana, sul tema l'ho scoperta in un catalogo antiquario. Il primo racconto di de Maistre è diventato *Viaggio intorno alla mia cameriera*, che come immagine non manca di una sua grazia circospetta, nel senso etimologico di *circum-spicere*, guardare intorno. Devo anzi confessare che nel viaggio di de Maistre non mi ha mai persuaso, grammaticalmente, quell'"intorno" riferito alla camera: mentre riferito alla cameriera è perfetto.

Il libraio doveva essere talmente dominato dalla fascinazione della scena che l'ha ulteriormente sviluppata, facendo diventare il titolo del secondo racconto di de Maistre *Spedizione notturna intorno alla mia cameriera*. Deve averla percepita come una conseguenza naturale se non irresistibile della prima *circospezione*, anche se in questo caso l'"intorno" torna a essere grammaticalmente imperfetto. Ma ha sacrificato alla proiezione del proprio desiderio non solo il rispetto della letteratura, ma della grammatica, come gli uomini non esitano a fare in circostanze simili.

✧

I fantasmi della occupazione – Un rappresentante dei disoccupati tedeschi parla di aggravamento della situazione e accenna ad aspetti umani, ma segreti, della situazione. Molti escono di casa alle otto di mattina per far credere ai vicini di continuare a lavorare. Vedo l'uomo che sbuca sul marciapiede nella luce nebbiosa, si dirige alla fermata del tram, sale tra i passeggeri infreddoliti e scende in un posto qualsiasi, ma sempre lo stesso.

La disoccupazione vissuta come vergogna, come colpa. Non è un problema di sopravvivenza.

Durante le guerre il numero dei suicidi cala in misura impressionante, come ha mostrato Durkheim nel saggio che ha dedicato a questo argomento. L'uomo condivide con i suoi simili una tragedia collettiva e questa solidarietà ideale moltiplica le energie e intensifica la resistenza alle prove. Nell'ultima guerra si pativa a volte la fame in senso letterale, ma tutti, nella vita civile, riuscivano a sopravvivere. Certo i rari obesi in circolazione, in una popolazione di magri, venivano guardati con sospetto, se non con odio, denuncia mobile quanto pesante di quella che veniva chiamata borsa nera. C'era un termine per bollarli, attinto dalla riserva lessicale degli animali, sempre pronta a offrire metafore provvide e insieme fuorvianti: pescecani.

La scarsità di cibo è drammatica, ma non tragica. La disoccupazione invece, in una nazione opulenta, diventa emarginazione sociale, discriminazione umiliante. Chi è giovane prova la sensazione di una vita negata, chi non lo è più di una vita fallita. Quest'ultima sensazione è tanto più forte quanto più l'individuo si identifica con la propria attività. C.G. Jung ha raccontato il rischio fatale di privilegiare nella vita interiore una funzione, soffocando le altre. La nostra società coltiva proprio questa distorsione e non stupisce lo smarrimento di chi ne viene privato.

Nei migliori la svolta può liberare energie sotterranee, aprire spazi sorprendenti di maturità pagata duramente. Può essere, come la malattia, occasione di passi decisivi. Per i più però non è un mutamento del percorso, ma il presagio della sua conclusione, una avvisaglia della fine.

Questo senso di morte penso ispiri l'uomo che esce la mattina *come se* dovesse andare a un lavoro che invece non ha più. "La vita continua come prima" è il messaggio rassicurante che dà di solito chi è estraneo a un dramma. Ma chi, essendone annientato, finge di darlo, è come se scegliesse un fantasma per controfigura.

Isidoro, arcivescovo di Siviglia, ci spiega nelle *Etimologie*, scritte nel VII secolo d.C., che noi chiamiamo defunti coloro che hanno assolto le funzioni della vita. Ma oggi che la funzione del lavoro ha acquistato un significato così invadente si può capire il disoccupato che finge di essere occupato. È un modo angosciato e illusorio di non sparire, di sottrarsi alla morte civile e di restare attaccato alla vita.

✧

Il delirio della verità – Anche nel film *Full Monty* un dirigente inglese di mezza età va con puntualità in un ufficio immaginario, per fare credere a sua moglie di non avere perso il posto. Quando la donna lo scopre, gli getta a terra uno dei nanetti di ceramica con cui lui credeva di allietarle il giardino. Il marito apprende così che lei li detesta almeno quanto lui. È uno dei punti più sottilmente ironici del film. Al cosiddetto momento della verità (tradizionalmente considerato quello dell'ira) si constata che una causa nascosta di attrito poteva essere una causa simpatica di convergenza. Tutti e due detestavano quei nani che vegliavano sul loro amore ipotetico. Ora però l'equivoco retrospettivo non fa che aumentare l'irritazione. La menzogna li univa, mentre la verità, anche se *concors*, li rende ancora più discordi. Che sapienza ellittica racchiusa in poche battute di dialogo!

Alla frantumazione del nanetto seguirà la richiesta di divorzio, altro ammiccamento satirico del film. La causa addotta non sarà certo la disoccupazione (e quando mai, sembra alludere il regista, l'economia interferisce con la storia di un matrimonio?). Sarà invece, inferno in terra dei popoli protestanti, il nodo di tutti i nodi: la verità.

La verità oggi non è più un oggetto di ricerca, ma una forma di isteria. Quanto più la filosofia, abbandonando l'essere per il divenire, l'ha resa mutevole, tanto più ci si illude di ottenerla nei rapporti personali. Se si pensa agli Stati Uniti, dove i presidenti rischiano per una bugia di perdere la carica, non si può che restare stupefatti della Grecia antica, dove la menzogna, oltre che pratica di sopravvivenza, era arte di vita, soprattutto politica. Gli dèi condividevano con gli uomini l'ammirazione per l'astuzia del raggiro, la destrezza del furto, l'inventività dell'inganno. Gli innamorati della menzogna, come li chiama Luciano, sono diventati i coniugi malinconici della verità, scambiandolo per un progresso. E vengono così scavate immense trappole in cui cadono non solo i presidenti, ma i loro popoli sbalorditi, come elefanti tramortiti dalla forza di gravità. Il nuovo idolo, ricattatorio e ottuso, sta mettendo in crisi adoratori che gli credevano finché credevano che non punisse loro. Quali menzogne trovare per non mentire? Era l'assillo degli avvocati di Clinton e di milioni di elettori e di investitori in Borsa.

Clinton era accusato di avere suggerito alla ragazza i modi per tenere nascosta la loro relazione. Che cosa doveva fare, accompagnarla a braccetto sull'erba della Casa Bianca, nelle notti di luna? Svelare il loro idillio in pubblico come nelle pellicole degli anni Cinquanta, tra comparse che applaudivano dietro compenso sindacale?

Oppure, rovesciando la prospettiva, che cosa potrebbe fare, anziché l'amore, un uomo attratto e ricambiato dal sesso opposto? Il presidente degli Stati Uniti? Evidentemente non basta. Il marito? Appunto.

Se i Padri Pellegrini, nel Seicento, avessero fatto, prima di sbarcare in America, una diversione in Grecia, forse avrebbero reso meno intollerante il culto della verità. O forse ancora di più, se è vero che il dubbio soffocato esaspera il fanatismo.

In questo contesto sconcertante il dirigente di *Full Monty* rappresenta un caso fortunato. Senza la disoccupazione la sua vita sarebbe stata occupata da una moglie idiota. La scoperta di una menzogna condivisa li divide. E lui torna libero. I Greci la sapevano lunga in fatto di bugie.

✧

Che cosa è l'amore – Ora lo sappiamo. È comunicazione. Lo ripetono talmente tutti, perfino i semiologi, che finiamo per crederlo.

Uno degli aspetti più tragici della storia dell'uomo è che la ripetizione produce verità. L'amore, al centro della vita e della speculazione dell'Occidente dall'antichità a oggi, finalmente sappiamo che cosa è. È comunicazione.

Quello che diverte non è la parola comunicazione (come potrebbe sfuggirvi l'amore, che *mette in comune* due esseri?), ma il suo delirio di esclusività, la sua paranoia didascalica, la sua dogmaticità colloquiale.

Non meno divertente è la codificazione dell'amore nella varietà dei suoi gesti. Non c'è scena, vissuta nella realtà o rappresentata nella finzione, che non si presti a una decodificazione analitica.

Lui le passa un braccio intorno alla vita. Le comunica confidenza, intimità, promessa, protezione, vita in due.

Lei lo fa sedere sulla sponda del letto. Gli comunica docilità, stabilità, durata, matrimonio, sepolcro, Filemone e Bauci.

Lui sale con la mano lungo i fianchi. Le comunica desiderio, mobilità, progressione, tappe, ascesa.

Lei sorride. Gli comunica maternità, sicurezza, allattamento, complicità, timidezza, attesa.

Lui le prende la mano. Le comunica tenerezza, assistenza, forza, dominio, ratto delle Sabine.

Lei si tocca i bottoni della camicetta. Gli comunica pudore, abbandono, difesa, conflitto, differimento, ambiguità, impazienza, pazienza.

Tralascio i particolari più segreti, cioè i più conosciuti, visto che sono quelli più ricorrenti nei film e nei libri, in nome della nuova intimità universale e dell'erotismo planetario. E quanto al dissolvimento della realtà nel caleidoscopio dei simboli non dimentichiamo la conclusione, tra sorniona e sarcastica, di C.G. Jung, al termine di un periplo intorno alla genitalità umana: "In fondo il pene non è che un simbolo fallico".

La commedia della comunicazione è tanto divulgata, che non manca chi, facendo l'amore, comunica la comunicazione, ovvero decodifica i propri gesti. Non è detto che l'interpretazione sia giusta, ma questo è il copione che gli attori stanno recitando, anche se non sanno se dicono quello che provano o provano quello che dicono oppure provano un'altra cosa. Stendhal raccomandava, per i momenti più intensi, il silenzio (la parola solo agli esperti, che però di solito fingono di non saper parlare). Catastrofici i tentativi di comunicare l'incomunicabile attraverso periodi intelligibili o frasi balbettanti. Ma oggi si sa che cosa è l'incomunicabile: è comunicazione! E così, quando si fa l'amore, non si comunica solo con se stessi e con il proprio partner, ma con tutti! Mi sembra giusto. Se tutto è comunicazione!

✧

Amori di animali – Sono finalmente riuscito a trovare in antiquariato *La donna delinquente* di Lombroso, scritto in collaborazione con Guglielmo Ferrero, nella edizione Bocca del 1925.

Apro a caso. Scorro il secondo capitolo, *Il delitto nelle femmine animali*, ed entro in una storia malinconica, anzi tetra, almeno per la vittima, tanto che non la dimentico e la trascrivo qui:

"[...] In una coppia di cicogne, nidificanti presso il villaggio di Soletta, si notò che quando il maschio era alla caccia, un altro più giovane veniva a corteggiare la femmina. In principio fu respinto, poi tollerato, poi accolto, e alla fine i due adulteri volarono sulla prateria dove il marito cacciava i ranocchi e lo uccisero a beccate."

✧

Leggi private e leggi cosmiche – Ricordo, del periodo passato in banca, una collega imperiosa, scheletrica, aspra, anche se capace di inattese gentilezze. Ostentava un disprezzo radicale verso il sesso maschile, ma ne riservava uno uguale a quello femminile.

A me, poco più che adolescente, appariva asessuata, oltre che senza età. Oggi la si chiamerebbe una ragazza, visto che superava di poco i quarant'anni.

Mi aveva raccontato una sera, nell'ufficio in penombra, durante le preziose ore straordinarie

(straordinarie anche per il compenso), la sua disavventura con un cosiddetto "fidanzato di guerra", conosciuto per fotografia e per corrispondenza mentre era al fronte. Alla fine della guerra, conosciutala di persona, lui l'aveva abbandonata.

Da allora lei con gli uomini aveva chiuso. Lo dichiarava con un sarcasmo beffardo, con una programmazione lucida, con una amarezza ilare, come se la vendetta la riempisse di una gioia riparatrice.

Quello che mi colpisce, nelle persone che si professano razionali, è la radice visionaria delle loro convinzioni.

La mia collega non aveva il minimo sospetto che la sua aridità avesse origini lontane e che la desertificazione interiore aspettasse, anziché la fecondazione di piogge improbabili, un pretesto per durare fino alla fine. Milioni di persone, al suo posto, non avrebbero sigillato in una bara la loro capacità di amare e avrebbero affrontato altri incontri, altre delusioni, altre illusioni, altre verità. Ma lei incarnava ai propri occhi una giustizia planetaria, una ritorsione metafisica, la punizione eterna del tradimento.

Questo era l'aspetto divinatorio della sua scelta, mentre gli occhi le brillavano lievemente storti dietro due lenti gigantesche. Era felice di negare al sesso maschile una occasione indimenticabile di felicità.

Io la guardavo incredulo quanto stupefatto. A me sembrava prossima alla tomba, considerata l'età e la magrezza. Anch'io, quanto a stupidità, non scherzavo, se penso ai limiti della mia prospettiva di allora.

Delle nostre visioni del mondo, se ci volgiamo indietro, possiamo dire che è stato bene cambiarle. Il limite della mia collega è che non voleva cambiare la sua e che mai l'avrebbe cambiata. Lei aveva scritto le tavole della propria legge e le aveva scambiate per quelle dell'Universo. L'Universo è piccolo.

✧

Ideologia e pratica dello stupro – Per frenare l'aumento di diffusione, se non di popolarità, di questa infamia del maschio umano, forse occorrerebbe sottolinearne l'abiezione che manifesta, l'inferiorità che cela, la sconfitta che esprime.

Se c'è un gesto in cui l'uomo annienta nel loro contrario tutte le qualità di cui si è tradizionalmente fatto vanto è proprio la violenza immotivata e impunita contro una innocente indifesa. Forse occorrerebbe insistere sulla viltà dello stupratore, simmetrica alla connivenza inconfessata di certi giudici che erogano pene miti, anziché condanne durissime. Perché tanto riguardo? L'indulgenza, in alcuni casi, è criminale come lo sfregio inferto per sempre alla persona. Bisognerebbe togliere al gesto ogni alibi psicologico che pure, in modi trasversali, evidentemente sussiste.

Io credo non tanto alla efficacia dello sdegno, che spesso si compiace di sé, quanto a un movimento di idee cui tutti – dalla scuola alla chiesa, dalla stampa allo spettacolo – diano un contributo per coprire di disprezzo lo stupro. E i comici potrebbero coprire di ridicolo chi vede in quell'atto una affermazione di sé.

Sappiamo che l'appello etico viene talora degradato a moralistico per poterlo ignorare. Ma lo scherno e l'irrisione hanno radici più profonde nella psiche. Contro l'ingiuria si può combattere, ma contro il disprezzo e il ridicolo no. Causano ferite che non si cicatrizzano.

È su questa nevralgia della interiorità che occorre agire. Essenziale è negare allo stupro quella complicità occulta che ancora suscita presso molti uomini e restituirlo alla sua natura miserabile.

✧

La fragilità degli uomini – È l'estremo alibi che certi loro rappresentanti accampano per giustificare la violenza sessuale. Gli uomini, nella fragilità della loro psiche, non saprebbero resistere alle tentazioni di certi abbigliamenti femminili e passerebbero, con naturalezza fatale, allo stupro.

Si percepisce addirittura un accento etico nel motivare, contro le provocazioni femminili, una reazione punitiva dai modi innegabilmente brutali, ma sicuramente efficaci. A questo si sono ridotti gli uomini del nostro secolo per difendere il diritto non scritto della forza: a invocare quello della debolezza.

✧

La tutela dei pedofili – L'interdizione a pubblicare i nomi dei pedofili sui giornali, per rispetto della privacy, mi sembra uno degli aspetti più paradossali e più sinistri della nostra società. Non perché sia mostruosa, ma perché è sacrosanta. Ha però il curioso difetto di essere riservata solo a loro.

Anni fa un giornalista famoso è comparso in prima pagina per una omissione irrisoria nella denuncia dei redditi. Si trattava evidentemente di un disguido contabile, ma questo non l'aveva sottratto alla qualifica di evasore fiscale. Ancora poco rispetto alla gogna cui in Inghilterra era stato sottoposto Defoe per una satira politica: ma pur sempre qualcosa di più imbarazzante e sgradevole del rispettoso silenzio-stampa che circonda l'attività dei pedofili.

Personaggi dello spettacolo hanno visto precipitare irreparabilmente le loro quotazioni perché sorpresi con modesti quantitativi di droga. Dichiarati pubblicamente spacciatori, alcuni sono stati tempestivamente assolti dopo la morte.

Campioni sportivi vengono marchiati dalla accusa di doping. Definiti autori di frodi, la loro carriera viene interrotta o troncata. E non sono i reati più odiosi sul piano morale, né riguardano sempre il codice penale.

C'è dunque, nel caso della pedofilia, un rapporto inversamente proporzionale tra la gravità della colpa e la pubblicità della pena. Quanto più il reato è infame, tanto più merita l'omissione del nome.

Mi chiedo perché i pedofili ne debbano godere. Privilegio tanto più singolare in una Italia dove, fino a non molto tempo fa, una coppia di adulteri sorpresa in un albergo subiva sanzioni pubbliche gravissime: la donna ovviamente arrestata e l'uomo ovviamente libero, ma non indenne da conseguenze pesanti. La vicenda di Coppi non si è svolta all'epoca delle invasioni barbariche. O forse sì.

Perché un anonimato soccorrevole per i pedofili? Altrimenti sarebbe una lapidazione, ha detto alla televisione un alto esponente della politica. Ma perché, gli altri non vengono forse lapidati per colpe minori?

Nel caso dei pedofili la pubblicità data ai loro nomi sarebbe un deterrente più temibile che la legge. Tra patteggiamenti e scappatoie quelli incensurati evitano spesso il carcere. Ma la condanna dell'opinione pubblica non la eviterebbero. E sarebbe sicuramente più efficace.

Sulla efficacia insisteva nella stessa trasmissione la madre di una ragazza undicenne che, stuprata, non aveva retto alla angoscia di vedere poco dopo il suo carnefice tornare libero, cioè libero ancora di insidiarla. E si era uccisa. La madre era convinta che non la paura dei tribunali avrebbe potuto fermare il pedofilo, ma la paura della gente. Questa paura avrebbe limitato la sua licenza criminale, lo avrebbe accompagnato come un'ombra, lo avrebbe esposto agli sguardi e isolato.

Io osservavo il volto degli interlocutori *istituzionali*. E vi leggevo un nobile e civile sgomento: l'idea di un controllo sociale, invocato dalla madre, appariva probabilmente un ritorno alla barbarie della giustizia popolare. Che la barbarie toccasse a un evasore fiscale, appariva ovvio. Che invece potesse, come ripeteva la madre, impedire nuove nefandezze, veniva posposto al rispetto della privacy.

È un problema su cui vale la pena di interrogarsi. Il pericolo è di tramutare i colpevoli in mostri, incalzavano i fautori dell'anonimato. E non hanno torto. Però è strano. Sappiamo la frequenza con cui i mostri vengono gettati in prima pagina, tanto che l'espressione è diventata proverbiale. Sappiamo che ne hanno fatto le spese persone perbene. Ma quando ci imbattiamo in mostri veri – pedofili che contribuiscono alle sevizie su bambini – no, allora dobbiamo rispettare la privacy.

L'argomento addotto di solito contro chi vorrebbe la divulgazione dei nomi è uno dei più collaudati e dei più comici: "Non risolve il problema". È l'obiezione che sacrifica un miglioramento possibile a una perfezione impossibile. Come se, in attesa di irraggiungibili soluzioni totali, si dovesse rinunciare a quelle parziali.

Quella madre che si era sentita rispondere dagli esperti "Non risolve il problema" li aveva guardati ammutolita e sgomenta. Forse ricordava come sua figlia aveva risolto il suo. E capiva che – fallendo nel tentativo di interferire nella privacy dei pedofili – non solo non riusciva a modificare il passato, ma neanche il futuro.

✧

"Non risolve il problema" – Perché gli ideologi prediligono questa frase? Perché non amano risolvere i problemi, ma il Problema.

I piccoli problemi, quelli con cui quotidianamente ci confrontiamo, li lasciano alla miopia pragmatica degli empirici. Loro si occupano dei grandi.

È la rendita vitalizia di tanti politici. Ogni progresso sociale non è un miglioramento, perché "non risolve il problema". L'empirico, paragonato con l'ideale, è sempre perdente, come la parte rispetto al tutto o il relativo rispetto all'assoluto.

Peccato che il vero Problema degli ideologi sia in realtà, per loro, la sopravvivenza.

✧

Magistra vitae – La Storia è stata definita maestra della vita e se ne vedono gli effetti.

✧

La conclusione della vita – Ho visto una trasmissione sulla "conclusione della vita", ennesimo eufemismo per una parola impopolare. Il titolo aveva il pregio televisivo di introdurre la parola vita, che in compenso *funziona* sempre (uso il verbo amato dalla tecnica). Inoltre la parola conclusione suggerisce un compimento coerente, un epilogo persuasivo, un congedo pacificato dall'esistenza. Il contrario di quanto in genere ci racconta sulla morte la sua letteratura (uso la parola nella sua accezione più vasta). Una ragione di più per scegliere quel titolo.

Nel documentario una famiglia accetta che venga ripresa la fase terminale di un suo caro: interviste al morituro, interventi di parenti, esterni di campagna intensi e dolci, viatici assorti dei medici, commenti postumi.

Siamo, se non alla morte in diretta, alla sua lucida, consapevole, progressiva preparazione: a edificazione degli spettatori, dei parenti consenzienti e dell'interessato, che vi si è prestato, fino all'ultimo, di buon grado.

C'è una rassegnazione dolorosa, una concentrazione mesta, una costante sobrietà, qualche lacrima. Una morte, se non politicamente, almeno televisivamente corretta. Tutto è lindo, serio, composto. I personaggi sembrano ispirarsi ai film di Bergman (mai potrebbe darsi il contrario, e cioè che Bergman si ispiri a loro, ne farebbe un film grottesco). E sembrano averli assimilati quel tanto che basta a fraintenderli. Sono pergamenacei, dolenti, assenti, profondi, lievi. Una recitazione dignitosa di un copione che hanno copiato, anziché una improvvisazione vitale.

Perché parlo di recitazione? E che altro è? Chiunque, sapendo di essere ripreso, si confessa, recita una parte che non si sa mai quanto prossima a ciò che prova. La novità è che qui tutti stanno recitando in prossimità della morte, a partire dal protagonista. E lo fanno con la professionalità immaginaria degli attori dilettanti.

Mi accorgo di non avere rispetto per loro, ma non mi pare che loro ne abbiano per la morte. Si muore, almeno nell'Occidente moderno, una volta sola e non è occasione da lasciare alla televisione. È l'esperienza estrema, che irradia luce retrospettiva su tutte le precedenti. Chi ha avuto l'illusione di viverla ha parlato di una visione fulminea e compendiaria della propria vita. Hemingway, in una delle prose più nitide di *Nel nostro tempo*, racconta gli ultimi istanti di Maera, ferito a morte dal toro nell'arena:

"Maera sentì tutto divampare più grande sempre più grande poi più piccolo sempre più piccolo. Poi diventò più grande sempre più grande sempre più grande e poi più piccolo sempre più piccolo. Poi tutto cominciò a correre veloce sempre più veloce come quando si accelera un film. Allora Maera morì."

Nel documentario invece la morte, nel corso dei mesi, si era diluita in una lenta e austera soap opera, dove gli attori cercavano di non sbagliare il passo, di non inciampare nelle battute, di rispettare un canovaccio confortevolmente drammatico. Tutto era prevedibile, ma che cosa è la storia dell'uomo se non il suo contrario? Perfino gli antropologi, sempre pronti a mediare, non riescono a spiegare la sua evoluzione.

Era un documentario morto sulla morte. Forse voleva renderla accessibile, se non domestica, equiparandola alle altre esperienze. È probabile che il suo ideatore perseguisse questo scopo e l'ha purtroppo realizzato. Mi ricorda un romanziere che, in un congresso, aveva spiegato il suo intento narrativo: «Volevo mostrare che l'aborto può essere una esperienza del tutto insignificante». Peccato che il suo romanzo ci riuscisse.

Né il sole né la morte si possono guardare fissamente, ha scritto La Rochefoucauld. Ma c'è chi, in una eclissi, ricorre al secchiello d'acqua e crede di fissare il sole.

Lo so che il documentario sarebbe difendibile con argomenti accettabili: una testimonianza etica, il coraggio di vincere il silenzio, l'aiuto che ne può venire agli altri. E quando ci si addentra sul terreno della ricezione ovvero dell'ascolto (una consolazione per i malati! le persone che imparano ad affrontare i tabù! gli eterni apprendisti!), getto la spugna. Credo sia arduo, oltre che disperante, immaginare quali possano essere gli effetti sul pubblico. È il compito, spesso divinatorio, dei sociologi, oltre che l'arena dei moralisti.

Le reazioni dell'uomo di fronte alla morte non hanno ignorato nei secoli i codici di comportamento. Ma quando Norbert Elias, prossimo ai novant'anni, ha collocato il tema nelle società industriali avanzate, ha intitolato il suo saggio *La solitudine del morente.*

◇

L'odio dei colori – La facciata della basilica di San Pietro a Roma, realizzata dal Maderno nel primo Seicento e restituita ai colori originari, ha suscitato negli esperti forti resistenze. Non entro nel merito della adeguatezza tecnica e storica del restauro. Rifletto su quello che, in questa e in analoghe proteste, è un curioso, ricorrente e tipico elemento a priori: l'odio per i colori. Una malattia strana, da cui sembrano affetti molti uomini di cultura.

Quando Winckelmann, nel secondo Settecento, svela al mondo la bellezza ellenica di un universo retto da colonnati candidi e popolato di statue bianche, offre una immagine distorta dell'arte antica. La scoperta della policromia e soprattutto della sua immensa diffusione nella figurazione greca è posteriore. Templi, monumenti e bassorilievi erano colorati, ma solo alla fine dell'Ottocento i libri cominciano a riprodurre la ricchezza variegata delle loro superfici, quando non sia stata asportata dagli uomini o erosa dal tempo.

Lo studioso però preferiva spesso – e continua a farlo – la parzialità involontaria di Winckelmann alla autenticità visiva degli originali. La bianchezza viene associata alla purezza, alla idealità, alla perfezione. Il colore è spurio, terrestre, contaminato. E Winckelmann continua a esercitare la sua suggestione estetica, favorito dal bianco e nero delle fotografie tradizionali.

Penso alla costernazione e al lutto causati dal restauro della Cappella Sistina. Penso al rimpianto corale per il nerofumo provocato dalle candele, da preservare per i posteri come memoria storica, e possibilmente da intensificare, fino a trasformare la parete in una superficie buia. Non sono mancate difese retrospettive delle brache penitenziali dipinte per coprire quelle che un tempo si chiamavano bramosamente le vergogne e oggi, con la neutralità castrante della scienza, i genitali; e anche delle famigerate velature dei restauri precedenti che, velando i colori originali, li avrebbero resi più attraenti. C'è stato chi, non potendo accusare il restauratore, ha accusato Michelangelo, che sarebbe stato sedotto con qualche anticipo dagli acrilici squillanti della pop art.

Anche Masaccio, nella Cappella Brancacci, non è riuscito a nascondere, all'occhio investigativo della lente, ambigue concessioni al colore e rese fatali allo splendore. E, quanto alla *Cena* leonardesca, meglio un intonaco a pezzi che un ricupero della sua ricerca cromatica.

Gli alibi naturalmente sono accurati e plausibili. Non pochi studiosi, ancora oggi, preferiscono le riproduzioni in bianco e nero, che consentirebbero una lettura più aderente della composizione e del disegno. Può essere, ma perché trascurare il ruolo del colore? È così marginale, in pittura?

Ricordo estenuanti dibattiti, nei cineforum del dopoguerra, sui pericoli che insidiavano il cinema con l'avvento del colore. Il bianco e nero appariva asciutto, ascetico, essenziale e soprattutto realistico. Il colore appariva edulcorato, edonistico, volgare e soprattutto falso. È singolare che i colori, presenti nella esperienza, debbano sparire dalla immagine per renderla più realistica. Questa però è stata la bandiera ideale di molti esperti, finché l'onnipresenza del cinema a colori li ha ridotti al silenzio: salvo tornare al giubilo per ogni film girato oggi in bianco e nero, che parte con un incommensurabile vantaggio.

Nessuno contesta che il cinema tradizionale ottenesse effetti che appaiono negati al nuovo cinema. Ma lo stesso argomento vale per il colore. Le obiezioni si elidono a vicenda, la scelta è libera, ma la preferenza (anzi la gerarchia) rimane.

Analoghe denigrazioni hanno accompagnato la fotografia e la televisione quando sono passate al colore. Perfino gli storici sono vittime di questa deformazione ottica. La memoria fotografica del primo Novecento è in bianco e nero. Ma se lo si racconta in un cortometraggio a colori, non è il caso di gridare subito al falso. Falso o comunque meno prossimo alla realtà era il Novecento in bianco e nero. Possiamo adottarlo per una ricostruzione fedele alla consapevolezza del tempo o meglio al suo rispecchiamento meccanico. Ma la realtà non era in bianco e nero. Bisognerebbe ricordarlo ai più giovani, altrimenti pensano che prima della Grande Guerra gli uomini corressero a passettini veloci e tutto il mondo corresse in bianco e nero. Del resto molti adulti lo pensano.

Il mondo era a colori anche allora, come nell'antichità e nell'Ottocento. Gli impressionisti, che dipingevano en plein air, sono stati subito accusati di tradire il paesaggio, sparando sulla tela tubetti di colore. Venivano invece considerati vicini al vero i fondi bituminosi, che loro volevano sostituire con la percezione e con l'emozione visiva della realtà.

«Lei sogna a colori o in bianco e nero?» mi ha chiesto poco tempo fa un medico a cui mi ero rivolto per un problema a un piede. Oggi i medici diventano sempre più sconcertanti e inventivi nel porre domande apparentemente extravaganti. Ho sempre auspicato l'avvento di una medicina globale, ma comincio a temerla.

«Sogno a colori» ho risposto d'impeto, anche se non sapevo se fosse vero. Immagino quanti intellettuali avrebbero risposto, con malcelato orgoglio: "In bianco e nero". Non so che cosa significasse, per il medico, la differenza. Né so che cosa significhi per noi. Lascio la spiegazione agli psicologi e ripenso, come alla novità più preziosa, alla incomprensibilità dei fatti.

✧

I falsi invalidi d'Italia – Da tempo, accanto al dramma degli invalidi veri, c'è la farsa degli invalidi falsi. Ma è una farsa drammatica. Non solo perché ricevono un assegno, pagato da noi, a cui non hanno alcun diritto, ma perché occupano posti che toccherebbero di diritto agli invalidi veri.

La legge dovrebbe perseguire penalmente la catena dei truffatori: falsi invalidi, medici complici, funzionari conniventi, politici corresponsabili. Tutto avviene infatti per scambi di denaro e di voti. C'è forse qualche rapporto tra questi imbrogli e la solidarietà sociale? È solidarietà sociale sottrarre un posto a chi soffre di minorazioni vere per darlo a un cieco che guida l'automobile?

Ho usato il condizionale – "dovrebbe" perseguire – perché finora il diritto non è stato ripristinato. Quanti sono i simulatori licenziati? Quanti i medici colpiti da sanzioni disciplinari? Quanti i funzionari messi finalmente a riposo? Quanti i politici denunciati? Non voglio fare cifre perché so che il costume italiano, di fronte a una accusa ignominiosa, è di contestare un dato marginale e imputare all'antagonista l'imprecisione. Mi limito a un titolo di "Repubblica": *Su 50 mila falsi invalidi solo uno è stato sospeso.*

Al danno si è aggiunta l'ineluttabile beffa. Di fronte alle proteste dei medici – ma naturalmente non solo loro – contrari a qualsiasi forma di controllo, i politici si sono orientati verso una soluzione all'italiana, anche se paradossalmente era la prima volta in cui ci si fidava della parola dei cittadini. Il censimento degli invalidi doveva infatti passare attraverso l'autocertificazione degli interessati anziché la documentazione dei medici, che non intendevano (secondo i giornali) svolgere un ruolo di "ufficiale giudiziario".

Ufficiale giudiziario? Allora i certificati sono medici solo se attestano il falso, come avveniva in passato? Se invece dicono la verità diventano giudiziari? È questa l'idea della legge che coltivano certi rappresentanti della medicina?

C'era un altro aspetto grottesco, per usare un aggettivo soccorrevole. Si chiedeva ufficiosamente ai truffatori – perché a loro evidentemente si mirava – di autocertificare che lo erano. Quanti sprovveduti l'avrebbero fatto? Quanti invece avrebbero confermato l'invalidità, visto che ne avevano comprato il riconoscimento e che lo Stato, rinunciando a ogni controllo, concedeva l'impunità al colpevole che si dichiarasse innocente?

Quando, scrivendo, si pongono molte domande, è perché si conosce già la risposta. E la risposta è questa. Sono tanti i falsi invalidi in circolazione e i medici, i funzionari e i politici che li vogliono favorire. E tanti costituiscono quello che si suole chiamare, con eufemismo impavido, un serbatoio di voti. Ora sacrificare la minoranza di invalidi veri e accattivarsi la massa di quelli falsi appariva una scelta conveniente. Il problema era di presentare la cosa sordida con le parole giuste. Ma è un problema che in Italia si risolve sempre.

✧

La resurrezione del disabile – "Alzati e cammina." Non è Cristo che parla, ma un medico di controllo inviato dalla Commissione del Ministero del Tesoro. E non si rivolge a Lazzaro, bensì a una signora della provincia di Catania, invalida al cento per cento, che ha appena compiuto novant'anni. Vive da anni su una sedia a rotelle, incapace di provvedere a se stessa e sempre accudita da una persona.

All'invito messianico riesce faticosamente a sollevarsi e il medico accerta che si muove "efficacemente" nell'ambiente domestico. Le viene perciò negato l'assegno di accompagnamento, accordabile solo per "impossibilità di deambulare anche con l'ausilio di mezzi ortopedici".

Questa è la legge, introdotta per combattere i falsi invalidi. E questa è la sua applicazione.

✧

Il miraggio della normalità – Vedo in televisione la giovane madre, animosa e ansiosa, di un bambino emofiliaco, che dichiara: «Noi non la consideriamo una malattia. È un difetto, un semplice difetto che si può curare benissimo».

Più avanti aggiunge: «È un bambino assolutamente normale, che può condurre una vita assolutamente normale, come tutti gli altri».

Si intuisce, dalla veemenza con cui ripete un avverbio precario come assolutamente, che lo sforzo, prima che di convincere gli altri, è di convincere se stessa. La si può capire, in una società che coltiva il miraggio della normalità e la scambia per una perfezione di massa: ovvero che esercita una coazione, funzionale ai consumi, a imitare modelli in cui solo pochi idioti (moltissimi) si riconoscono. A cominciare da quelli fisici: dalle donne fenicottero delle sfilate, sopravvivenze vacillanti a diete paranoidi, agli uomini muscolati delle palestre estetiche, campioni di una virilità resa latitante dai farmaci. Quanto alla normalità intellettuale, meglio non indugiarvi, se pensiamo agli stupidi che ci assediano. La stupidità collettiva è il territorio della satira moderna, che ne ha fatto, più che un'isola infelice, un continente gremito di abitanti.

La si può capire questa madre, in un pianeta telematico succube di associazioni demenziali: salute-perfezione-felicità. E che è atterrita a pronunciare una parola come malattia quanto liberata a pronunciare una parola come normalità. Ha il panico dei nomi, non privo di legittimità in un mondo che ha fatto delle distinzioni nominalistiche il principio di discriminazioni odiose e spesso fatali. Milioni di uomini sono stati perseguitati e uccisi in nome dei nomi.

Questa madre però ha sperimentato la malattia di suo figlio e sa che, chiamandola difetto, non ne attenua i disturbi. Non dovrebbe temere di pronunciare quella parola. Tutti abbiamo qualche malattia, latente o manifesta, grave o lieve. Quelli che dicono di essere perfetti hanno la malattia più preoccupante di tutte: sono malati di mente.

Alcuni hanno aspettato il crollo delle Torri per includere la malattia e la morte nei cosiddetti orizzonti di attesa. Hanno scoperto che si può morire "da un momento all'altro". Che si può parlare di affari e dopo pochi minuti precipitare nel vuoto per trecento metri. I Greci l'avevano presente migliaia di anni fa, anche se non avevano costruito grattacieli. Gli uomini li chiamavano "mortali", mentre noi li abbiamo privati di questo incidente di percorso.

Noi viviamo nell'universo della pubblicità commerciale, dove non esistono la malattia e la morte, tranne che in quella dei farmaci e delle pompe funebri. Ma nei momenti duri della vita gli uomini ritrovano la verità della parola. Sono i momenti euforici a renderli idioti.

Questa madre dovrebbe approfittare delle difficoltà per ritrovare un linguaggio in cui riconoscersi. Dovrebbe parlare di una malattia che si può fronteggiare. Se avrà fiducia nel linguaggio, il linguaggio la ricambierà.

✧

La diversità dei normali – Abituarsi alla diversità dei normali è più difficile che abituarsi alla diversità dei diversi.

✧

La solidarietà retrospettiva – Nell'appartamento letargico dove d'estate rimango solo io, conto sulla *collaborazione domestica* di una eritrea, dotata di mobilità guizzante e di una forte propensione al lavoro: non tanto per vocazione calvinista, quanto perché ad Asmara ha acquistato una villetta e deve finire di pagarla. Ho acconsentito perciò che d'estate faccia il doppio di ore che d'inverno, anche se il lavoro è dimezzato.

I problemi sono nati dopo. Terminato il lavoro normale (è velocissima), deve inventarne altri per giustificare la propria permanenza. L'aspirapolvere assorda con scansione oraria, i capi di abbigliamento spariscono dovunque li posi. La vedo stirare inesplicabilmente tutti i giorni. Un mezzogiorno che mi ha sentito arrivare in cucina si è precipitata sul ferro come su un pallone che stesse per varcare la linea.

Si è creata una situazione strana. Io provo per lei una solidarietà retrospettiva. Ricordo quando, molto giovane, lavoravo in banca e prolungavo alla sera con i miei colleghi, nel chiarore ovattato dell'ufficio, le ore cosiddette straordinarie. Fingevamo infatti di cercare – per chiudere il bilancio della giornata – l'errore contabile di cui eravamo gli artefici.

Oggi non si quadra più alla lira, anzi all'euro, perché si è scoperto che la spesa è superiore al guadagno. La precisione costa, nello stile come in banca: e se nel primo caso la qualità premia, nel secondo si è finito per preferire l'approssimazione.

Allora il rigore era un valore apprezzato, soprattutto dagli impiegati nelle ore straordinarie. Il vigile approssimarsi del capo ufficio era segnalato da uno di noi con un colpo di tosse e tutti ci immergevamo accigliati nella spunta. Ora il colpo di tosse lo do io, per avvertire la collaboratrice domestica del mio arrivo e non sorprenderla (come già è accaduto una volta) addormentata in una poltrona, stremata dalla fatica non di lavorare, ma di fingere di farlo. Io ero ritornato subito sui miei passi, per fingere di non averla sorpresa, ma lei era balzata in piedi con un soprassalto di angoscia.

Un pomeriggio ho provato a dirle, con noncuranza, di andare pure a casa, appena finito il lavoro, e di non badare agli orari. L'aveva però accolta come una offesa. Ho capito che la finzione del lavoro è diventata per lei un diritto acquisito e, come tale, intoccabile.

La casa silenziosa si riempie di sorprendenti rumori. Non sono mai stato così fragoroso nell'aprire le porte, né lei così sollecita nel chiuderle. Come accade ai dilettanti, la menzogna si tradisce da sé, grazie al culto letale dell'esagerazione. Miglioreremo. Tutti e due abbiamo interesse a farlo.

E se invece rinunciassimo alla finzione e ci parlassimo con franchezza, come sognano gli ecologisti sociali?

No, meglio non farlo. Lei perderebbe un compenso di cui ha bisogno e sarebbe costretta a cercarlo altrove. E io perderei una collaboratrice di cui ho bisogno. La finzione è un balsamo.

✧

Dame animaliste a tavola – Cena ufficiale. La commensale alla mia destra chiede a quella di fronte:

«Hai visto il menu?»

«Sì.»

«Come ti regoli per l'antipasto?»

«Niente culatello!» le risponde l'altra, alzando il dito. «Prenderò le tartine.»

«Ma è la specialità del posto!» insiste la prima signora, soavemente.

«Tu agisci come credi» la sfida l'amica. «Siamo due persone libere.»

«Prenderò il culatello» sospira la signora, sorridendo all'idea di commettere un peccato. Paffuta, ma prossima al declino, mostra un corruccio scherzoso che immagino, qualche decennio fa, irresistibile.

«Posso fare una domanda indiscreta?» intervengo. «Qual è il problema del culatello?»

«Siamo animaliste» risponde la signora alla mia destra. «Io però non so resistere.»

«Perché sei incoerente!» la rimprovera l'amica. Deve essere un teatrino collaudato dalle repliche, come avviene nelle coppie più tenaci.

«Ma perché il culatello?» chiedo, sapendo di apparire sprovveduto.

«Carne di maiale» mi fissa la più intransigente. «Noi non mangiamo carne. Mangiamo verdura, frutta, formaggi, pasta, riso.»

«È come un divieto religioso.»

«Più forte» replica lei, posando la destra sul manico del coltello. «Lei rispetta tutti i divieti religiosi?»

E senza aspettare risposta, aggiunge fiera:

«Questa è la religione della vita.»

L'altra la ascolta con ammirazione apprensiva. Dice, guardandola sottecchi e cercando di ammansirla:

«Questo maiale però è ormai morto.»

«Non cominciare, ti prego!» Si tocca il pizzo che le ricopre il petto scarno. «Tu ti lasci corrompere troppo facilmente!»

«Infatti» annuisce l'altra.

Cerca in me un alleato:

«Lei non avrebbe dubbi, vero, sul culatello?»

«Da queste parti è il migliore» rispondo, ricambiandola con una simpatia intensa.

«Non faccia il cinico alle nostre spalle» commenta l'amica, che ha acquistato un'aria più indulgente. Si vede che la mondanità sta ricuperando sulla ideologia – ovvero una ideologia vince su un'altra (per chi pensa siano scomparse).

Aggiunge:

«Lei non fa parte del nostro gruppo. Può permettersi il culatello che crede.»

«Siete un gruppo?» chiedo.

«Ma certo!» esclama. «Ci incontriamo, confrontiamo le esperienze, elaboriamo nuove strategie non *contro* gli animali, ma *per* gli animali.»

Non ha più l'occhio vagamente allucinato di prima. I fanatici non sono gli unici convinti di possedere la verità (quasi tutti ne sono convinti), sono solo i più terrorizzati di perderla.

«Sa che un decennio fa avevo scritto una cosa, a proposito delle zanzare?» le dico, tentando una diversione. «E cioè che quando le si uccide non ci si preoccupa del loro percorso esistenziale.»

«Noi non uccidiamo le zanzare» commenta lei gelida.

«Veramente?» la guardo stupefatto.

«Sì, usiamo le zanzariere» interviene la signora alla mia destra. «Perché ucciderle, povere creature?»

Io accenno allora brevemente, forse per vendicarmi, all'accanimento con cui le inseguo nelle camere estive (quella di casa mia è un fortino). Alla gioia sfrenata quando le schiaccio. Qualcosa di contiguo, immagino, al piacere di un omicidio a lungo covato.

«Non mi stupisce» osserva l'amica.

«Perché?» le chiedo.

«Basta guardarla mentre racconta» risponde. «Lei ha l'occhio del fanatico.»

Accuso il colpo, sorrido.

Vorrei reagire, ma i millenni incombono su questa tavola con una mole rovinosa di sentimenti, di idee, di grida, di appelli, di silenzi.

Un cameriere si inchina verso la commensale alla mia destra:

«Ha già scelto, signora?»

«Sì!» esclama lei rapita, sottraendosi ai millenni. «Culatello!»

✧

Caccia grossa e minima – Mentre inserisco il fornelletto antizanzare nella presa di corrente, provo una voluttà proporzionale alla entità della strage. Ma ripenso contemporaneamente al gesto di tenerezza con cui le due commensali dell'altra sera mimavano il loro rapporto con l'insetto: lo allontanavano delicatamente con la mano, orientandolo presumibilmente verso altri commensali. E apparivano distrattamente compiaciute della propria eleganza.

Immagino che in gioventù avrebbero esibito, con altrettanta grazia, una pelliccia di leopardo ovvero il trionfo della civiltà sulle bestie feroci. Ma sarebbe un capovolgimento retrospettivo, un teorema storico, non un giudizio morale.

Quando ero ragazzo l'uomo bianco, di fronte alle belve, non sentiva che una coazione: sterminarle. Oltre che un obbligo sociale era un imperativo etico, naturalmente non scritto e ovviamente immaginario, ma certamente più popolare che quello categorico di Kant.

Melville vedeva in Moby Dick l'incarnazione equorea del Male e non sospettava che la balena potesse essere, più che la protagonista, la vittima di una persecuzione demoniaca. Dio mi scampi dal ridurre un gigante come Melville alle dimensioni del politicamente corretto (lui confessava, a buon conto, di preferire le balene alle pulci), ma è innegabile che l'inseguimento dei cetacei sulla superficie dell'oceano lo attirasse di più che la loro protezione.

Altri tempi, appunto. I libri di caccia grossa erano straordinariamente diffusi, basta sfogliare i cataloghi specializzati. Lo stivale del dio vindice si posava sul corpo delle vittime, tra un nugolo di indigeni attoniti, che qualche decennio prima avrebbero fatto la stessa fine.

I libri che avvicinavano con un occhio diverso il mondo degli squali erano rarissimi. Ne ricordo uno di un giornalista troppo coraggioso che li definiva, anche nel titolo, amici. La sua fine aveva tragicamente messo in luce che non era un sentimento ricambiato.

La stessa nomenclatura zoologica esprimeva una sensibilità più ottica che ecologica. Le bestie diventavano feroci quando aumentavano di dimensioni. Nessuno del resto chiamerebbe belva il gatto, anche perché nessuno interroga il topo, che pure avrebbe qualcosa da dire.

Tanto più è significativo che oggi la caccia perseguiti gli animali più utili e più inoffensivi: lepri, tordi, fagiani, pernici, quaglie. Il numero dei cacciatori in Italia si è, in un decennio, dimezzato, ma la strage prosegue. Federazioni e associazioni venatorie assicurano che viene tutelata la sopravvivenza selettiva delle specie, argomento già usato dalle dittature per la selezione di quella umana.

In Cina, all'epoca di Mao, era stata decretata la fine dei passeri, cacciati continuamente con le canne da qualunque luogo scegliessero per una sosta: tetti, davanzali, monumenti, alberi, campi.

La morte ideologica del passero, salutata come un trionfo della rivoluzione democratica, aveva causato all'agricoltura danni gravissimi. Ma conferma quanto l'etica dei nostri rapporti con gli animali sia schiava dei pregiudizi del tempo e dei miraggi della società. Ovvero che gli animali non sono mai stati soggetti liberi, ma oggetti mobili.

Confortato da queste considerazioni, chiudo ermeticamente le finestre della camera, perché si trasformi per le zanzare in una camera a gas. Quali sono le bestie feroci?

✧

Bestie feroci – L'uomo come viene intravisto dall'aragosta, immersa viva nell'acqua bollente, perché sia più buona.

✧

Monsieur Verdoux e la formica – Vorrei evitare equivoci. Nelle questioni generali è una premessa indispensabile quanto fallimentare. Specie se alla serietà dei temi facciamo corrispondere l'ironia dei toni. Ma vorrei aggiungere che, se un libro come quello di Aldo Capitini, *Elementi di un'esperienza religiosa*, non è bastato a convertirmi al vegetarianesimo, il problema continua a farmi pensare.

Però tra la persecuzione dei passeri e quella delle zanzare sussiste la differenza che passa tra ciò che per l'uomo è benefico e ciò che è nocivo. Le mie due commensali superavano di slancio (una un po' meno) questo divario, in nome di un superiore amore per la vita. Ma di quale vita parlano? Della vita sulla Terra o della vita vissuta nel pianeta della loro mente?

Mors tua vita mea. Non si sa chi sia l'autore di questa massima. L'anonimato occulta un genio che ha incontrato nella *brevitas* il genio di una lingua. Si sa però che la massima ha avuto enorme diffusione in Europa a partire dal Medioevo. È improbabile che gli animali la conoscano, ma è certo che la praticano. Se oltre al dono del linguaggio (glielo abbiamo negato per millenni, tranne che nelle favole, finché ci siamo accorti che ce l'hanno), avessero anche il dono della lingua, ci confermerebbero questa massima, magari in volgare. Si limitano ad attestarne la validità con il comportamento.

Non sempre nel mondo degli animali le cose vanno così, obietterebbero le mie due commensali. Quelli che si sacrificano per la prole e per la specie introducono una variante nella massima e la fanno diventare: *mors mea vita tua*. E l'amore, nella sua forma più alta, introduce una variante ulteriore: *vita tua vita mea*.

Non possiamo però fare di Tristano e Isotta il cardine etico del nostro rapporto con gli animali. Anche perché, se ne risparmiassimo ogni esemplare, diventeremmo, più che i legislatori di una nuova biologia, le sue vittime.

Mi torna in mente – a proposito del rispetto della vita – un gesto singolare di Monsieur Verdoux che nel film di Chaplin uccide le proprie mogli, ma risparmia nel vialetto di casa una formica che gli attraversa la strada. L'ovvia interpretazione che ne viene data privilegia le contraddizioni tipiche dell'uomo, un essere ora feroce ora mite, alibi che accontenta sia i suoi detrattori sia i suoi fautori. Non credo però che un artista della statura di Chaplin si accontenterebbe delle contraddizioni. Cercava piuttosto una convergenza inesplicabile, una coerenza sotterranea e misteriosa tra le diverse scelte di Monsieur Verdoux. E se era mostruoso il suo progetto di vita coniugale (anche perché lo realizzava), la sua attenzione maniacale per la sopravvivenza di un insetto non mi pare fosse un indice di equilibrio etico.

Non vorrei comunque paragonare le mie due commensali a Monsieur Verdoux. E, temendo che mi leggano, mi fermo qui.

✧

Solidarietà con le piante – Una chiosa a proposito del risparmio di ogni vita (ma i virus possono essere annientati solo perché così piccoli? Non è un po' discriminatorio come criterio?).

La grande alternativa alimentare è il mondo vegetale, chiuso nella insensibilità della sua esistenza. Ma ne siamo certi?

Io ricordo di avere letto molti anni fa un libro fascinoso, che non sono più riuscito a rintracciare. È destino infatti di ogni biblioteca non solo conservare i libri, ma perderli. Ed è uno degli struggimenti inconsolabili del proprietario.

In quel libro si affrontava il tema della sensibilità delle piante. Ricordo passi angosciosi sulla loro paura delle forbici e sul panico debitamente muto davanti alle cesoie. Nella serra riconoscevano al contatto e addirittura al passo chi le mutilava e chi invece lisciava amorevolmente le loro foglie e le innaffiava con dolcezza. Non soffro di allucinazioni, almeno nell'area dei libri, né credo si trattasse di fantascienza. La casistica impressionante svelava un mondo vegetale percorso da brividi, squarciato dalle ferite, medicato dai lenimenti, impaurito dai temporali quanto inebriato dal sereno, senza arrivare alla cicala "pazza di sole" (*eliomanes*) di Aristofane e al girasole "impazzito di luce" di Montale.

Se rispettiamo in ogni animale l'essenza della vita, non vedo perché estinguerla nelle piante. Un cespo di lattuga estirpato all'alba non è molto diverso da una esecuzione mattutina. E un cuore di pomodoro strappato con violenza palpita ancora di vita nel palmo della mano.

Il rispetto della vita dilata i suoi spazi. Mi ha sempre colpito che le cellule considerate eterne siano quelle tumorali. Forse accanto al rispetto della vita, e proprio per conservarlo, dobbiamo scoprire anche il rispetto della morte.

✧

Uomini e camaleonti – Quando due camaleonti lottano tra di loro, chi sta vincendo acquista colori sempre più brillanti, chi sta perdendo sempre più scuri. Alla fine, quando fugge, è nero.

Ecco un contributo interessante per capire il lutto.

✧

I copioni degli animali – Ho sempre amato i documentari sugli animali. Ricordo, quand'ero ragazzo, spezzoni sovietici di inaudita ferocia, visti in proiezioni estive all'Arena di Milano. Ragni giganteschi piombavano su mosche impigliate nella rete e le trafiggevano con un colpo fulmineo sotto le stelle; e cerbiatte ghermite dal ghepardo si dibattevano agonizzanti sul telone al centro del prato. Mi attiravano l'accanimento didattico, l'estraneità a ogni tentazione di lieto fine e una certa predilezione per quello cattivo (almeno per la vittima), la distanza dalle leziosità disneyane. E ora seguo alla televisione, appena posso, cicli di trasmissioni o sequenze isolate e perfino film tra avventurosi e naturalistici, frutto di ibridazioni mostruose.

Credo che l'attrazione ipnotica esercitata dagli animali nasca – contrariamente a quanto pensano gli antropologi – dal nostro riconoscerci nel diverso. I due cervi che si incornano per una femmina che forse pensa a un terzo mi ricordano la stupidità del maschio umano. E i leoni che aspettano il ritorno delle leonesse, per depredarle baldanzosamente del bottino della caccia, mi ricordano esemplari gloriosi del maschio italiano.

Ora però sta accadendo un fenomeno curioso. Gli animali non fanno che recitare copioni etologici, compendiati in formule fisse: dalle "strategie riproduttive per garantire la continuità della specie" ai "duelli rituali che raramente producono danni" (non vorrei appartenere alle eccezioni), dalle "cerimonie sociali che rinsaldano l'unità del gruppo" ai "giochi fatti per prepararsi alle attività degli adulti". E certi animali ormai li conosco a un punto tale che sono diventati miei conoscenti.

C'è il babbuino intento a spulciare la compagna distratta, che potrebbe essere il mio vicino sul treno. Il falco pellegrino che continua a piombare sul coniglio potrebbe essere un mio congiunto. E il bradipo che sull'erba avanza (si fa per dire) verso di me potrebbe essere il mio autoritratto. So tutto (come dicono dei personaggi storici gli attori che li interpretano) di licaoni e di iene, di elefanti marini e di orche assassine, di iguane delle Galapagos e di varani del Komodo. C'è uno gnu che si inerpica affannosamente sull'argine di un fiume e precipita ogni volta nell'acqua, per essere alla fine addentato da un coccodrillo. Quante volte l'ha fatto? Non scamperà mai? Forse sì, in sogno. Il parco del Serengeti mi è più familiare del parco Lambro. Quale esotico mi resta?

✧

Giochi etologici – Quante volte abbiamo sentito e letto che gli animali, soprattutto i predatori, giocano, nell'infanzia, per imparare ad aggredire e possibilmente a uccidere?

Questa pragmatica e caritatevole teoria del gioco comincia finalmente a essere insidiata da qualche dubbio. Si sta infatti riscoprendo l'ovvia e perciò temeraria ipotesi già formulata più di un secolo fa da Herbert Spencer, che il gioco serva anche a scaricare un eccesso di vitalità. Il bambino e il giovane offrono in questo senso preziose analogie.

Io suggerirei inoltre, se vogliamo capire l'animale, di non perdere di vista l'uomo, che fa parte della famiglia, anche se con qualche novità di rilievo. E non di fare sempre il contrario, imparando ad esempio dagli animali tutto sulla aggressività (che viene trasferita all'uomo) e niente sullo spirito di sacrificio (che negli animali viene definito istinto e nell'uomo diventa sudditanza a un Super-io dispotico).

Come mai l'uomo continua a giocare nell'età adulta? Lo fa ancora per sperimentare il mondo circostante e per collaudare le proprie capacità di affermazione? O lo fa per una ragione più semplice e più misteriosa, divertirsi? Non avviene anche nell'amore?

Né pare che l'uomo smetta di giocare quando invecchia. Anzi nella letteratura e nelle arti, oltre che nella vita, forse è quella l'età in cui i migliori sanno giocare più liberamente.

Perché allora ridurre gli animali a zelanti apprendisti, tutti finalizzati nei giochi alla istruzione e al lavoro, come vorrebbero tanti etologi della società umana?

✧

Domare ammaestrare educare – Documentario con domatore. Dice che non vuole più essere chiamato domatore, ma ammaestratore. Spiega che il suo rapporto con gli animali non è in realtà un rapporto con animali, ma con amici. Lui insegna loro che cosa fare e come farlo. Non si capisce se collabora lui con loro o loro con lui. Si capisce solo che non è più un domatore.

Ogni epoca ama cambiare i nomi alle professioni. Le più umili li cambiano di continuo. Basta pensare alla nomenclatura relativa a servire, divenuto collaborare domestico. Oppure a pulire, con il passaggio da spazzini a operatori ecologici.

C'è qualcosa che evidentemente non soddisfa in queste professioni e i nomi sono i primi a farne le spese.

L'irrequietudine dei nomi vale anche per il lessico degli handicap, dove i sordi diventano non udenti e i ciechi non vedenti, e per quello dei ruoli amorosi, i più instabili e mobili. Solo marito e moglie non cambiano, almeno finché durano. È la ragione per cui vengono talora invidiati. La stabilità dei nomi attira di più che quella dei sentimenti.

Ritorniamo al domatore, anzi all'ammaestratore. Accettiamo docili (dato l'interlocutore) la sua rettifica. Domatore risale all'epoca in cui gli animali venivano sottomessi e addomesticati. Oggi vengono ammaestrati perché il rapporto è cambiato. Ma è cambiato il rapporto o solo il nome?

Le sue parole sono preziose in campo pedagogico. Se domare è divenuto ammaestrare, l'antecedente di ammaestrare sarà forse domare? Io credo di sì e credo che, almeno in questo caso, il rapporto non sia cambiato.

✧

Ritorno alla natura – Aria killer, montagne assassine, mare sanguinario. La nuova mitologia della natura.

✧

La pubblicità delle multinazionali – Sopra il settanta per cento dei pacchetti di sigarette vendute sul nostro mercato comparirà un "messaggio molto forte" voluto dalle multinazionali del tabacco nel quadro della campagna antifumo:

"I giovani non devono fumare."

È curioso che i creativi per statuto, i pubblicitari, non abbiano saputo escogitare che questa invenzione molto forte: un divieto. Nell'epoca in cui i giovani hanno inventato il laconico aforisma "Vietato vietare", si proclama, su un pacchetto di sigarette, che loro non devono fumarle. Ci può essere invito più allettante? E anche meno costoso, tenuto conto che infrangere il divieto non costa più di un pacchetto di sigarette?

Seconda considerazione. Perché i giovani sì e gli adulti no? Forse perché gli adulti subirebbero meno danni dal fumo? Pare vero il contrario, a giudicare dagli effetti. O forse perché sono diventati ciò che una volta, con espressione compiaciuta, si diceva invece dei giovani al fronte, "carne da cannone"? E li si abbandona al loro destino, per tutelare solo gli adolescenti?

Nell'epoca in cui si scopre la quarta età quale accesso alla quinta non si capisce come il messaggio possa risultare gradito: soprattutto agli anziani che non riescono a smettere di fumare.

Resta un ultimo interrogativo: si sta proponendo una gratificante discriminazione a favore di una nicchia di maggioranza? Il fumo come privilegio accordato agli adulti?

Forse è questo il messaggio duplice contenuto nella scritta "I giovani non devono fumare": il fumo come status degli adulti e come promozione per i giovani. Non a caso la scritta è stata voluta dalle multinazionali.

✧

Credito e fiducia – Ricordo il viso ieratico di un banchiere, noto come salvatore di banche minacciate dal naufragio, ma più esperto nel loro affondamento. La sua ascesa ne aveva tratto ulteriori spinte.

In una conversazione casuale gli avevo raccontato lo sbalordimento di alcuni vecchi clienti di una banca in crisi. Rassicurati alla mattina dal direttore amico sulla affidabilità delle azioni ("Le tengo anch'io ben strette!"), avevano appreso al pomeriggio che non valevano più nulla.

Il banchiere mi aveva ascoltato con una certa impazienza. Alla fine mi aveva chiesto:

«Che cosa vorrebbe dedurne?»

«Mi interessa il suo parere» gli avevo risposto.

Lui a quel punto, guardandomi con un'aria tra stupita e inquisitoria, incerto se stesse parlando con uno sprovveduto o con un provocatore, mi aveva chiesto:

«Ma lei si fida delle banche?»

✧

Il Paese del pentimento – Dibattito televisivo sulla Giustizia. Un filosofo e un gruppo di studenti. Una ragazza chiede:

«Che pena può essere adeguata per chi uccide volontariamente un uomo?»

Il filosofo risponde:

«Vedo che lei ha una concezione repressiva della Giustizia. La Giustizia non è vendetta. Il problema è se l'omicida può ritornare a uccidere. Perché il problema di tutti i problemi è la prevenzione.»

La ragazza annuisce, il filosofo sorride, i titoli scorrono, il morto giace, chi l'ha ucciso ha detto che non lo farà più, possiamo rilasciarlo sulla parola, l'ha già mantenuta per qualche anno, rispettando permessi e rientri. Cancellata la pena di morte, e sono d'accordo, si eluderà, dopo l'ergastolo, anche la pena a trent'anni, a venti, a quindici, a dieci. Grazie a un calcolo sapiente degli anni di anzianità – lo stesso che ha consentito in Italia una pensione dopo undici mesi di servizio – si consentirà a un omicida di tornare a casa dopo due o tre anni di esilio.

Quanto al padre che ha avuto la figlia massacrata da un amico, sarà l'ultimo che andrà tenuto in considerazione, animato com'è da una insana sete di giustizia. Dovrà piuttosto preoccuparsi che l'assassino non commetta altri omicidi (purtroppo ne commettono anche durante i permessi). Ogni altro sentimento va rubricato sotto la voce esecrabile della vendetta e puntualmente ignorato. Nel confronto tra Caino e Abele è il primo che va sollecitamente assistito, anche perché con il secondo è più difficile.

Nessuno accenna più al potere deterrente della pena. Eppure si è constatato che un aumento della sorveglianza diminuisce il numero di molti reati. Agli abitanti della zona non dispiace. Certo non si eliminano le cause, ma se ne riducono gli effetti. Non è tutto, ma intanto che ci industriamo per il tutto, in animate tavole rotonde, non possiamo prendere in considerazione la parte?

Le sentenze dei tribunali sono contese tra psichiatri e psicologi. I primi continuano a citare, per affermarla o negarla, una "assoluta capacità di intendere e di volere" che francamente mi incuriosisce: non l'ho mai riconosciuta neanche a me stesso, ma non posso naturalmente pretendere di fare testo. I secondi sembrano di solito ignorare, per statuto professionale, la responsabilità dell'individuo e hanno un repertorio rotante a cui imputarla: la famiglia, la scuola, la società, il sistema. Alla libertà di scelta credono ormai solo le grandi religioni, le uniche a coltivare ancora l'idea di colpa. Quanto alle ferie eterne della New Age, tutti si salveranno nel paradiso dei consumi ultraterreni.

Non rimpiango il passato con le sue barbarie, anche nel campo della Giustizia. Ma non mi alletta il futuro, ricattato dalla innocenza dei colpevoli, malati temporanei da curare amorosamente e da dimettere guariti: magari con un certificato di pentimento, così congeniale all'Italia, paese di pentiti virtuali, sempre sulla parola!

✧

Colpa e senso di colpa – Non sono la stessa cosa. Però oggi la tendenza generale, tra solidale e complice, è di liberarsi dal senso di colpa per liberarsi dalla colpa.

La psicanalisi, nella sua degradazione vulgata, aiuta. Di solito si occupa di colpe che non lo sono: attrazione infantile per uno dei genitori, gelosia per l'altro, vergogna per averli sorpresi nell'intimità, auspici di morte irresponsabili, una inezia rispetto a quelli che si fanno coscientemente da adulti.

Quando l'inconscio diventa conscio, il senso di colpa sparisce e il paziente riacquista l'equilibrio mentale. Questa almeno è la fiaba.

Quando si imbatte in colpe vere, la psicanalisi non si pronuncia. Le mette tra parentesi. Non è suo compito giudicarle. Non è né Dio né un tribunale. Si occupa d'altro e lo dichiara con una sfumatura di arroganza, tra professionale e corporativa.

Edipo, che ha ucciso il padre e sposato la madre, espia con la cecità una colpa di cui non è responsabile, perché all'oscuro dei fatti. Freud, sdraiandosi sul lettino di Sofocle (è questo che è avvenuto, non il contrario!), libera ogni Edipo immaginario da colpe che ha commesso nel desiderio e nel sogno.

Ma quando in tribunale si presenta un Edipo reale, che ha commesso la colpa pur non essendo all'oscuro dei fatti, la tendenza, a differenza dei Greci, è di assolverlo. L'inconscio impone sempre di più i suoi diritti e l'area del conscio è sempre più circoscritta. Quanto alle vittime, vediamo di non cadere nel senso di colpa!

Però le colpe esistono. Se io non soccorro un ferito grave in una strada deserta, commetto una colpa. Potrò avere attenuanti, ma nessuno psicologo mondano, remunerato per sedare ansie pubbliche, potrà cancellarla.

I professionisti del soccorso verbale ci aiutano a eliminare i sensi di colpa immaginari, ma noi dobbiamo affrontare qualcosa di più inquietante: le colpe reali. Non dico che dobbiamo ingigantirle né restarne vittime, dico che dobbiamo riconoscerle e fronteggiarle, senza cercare alibi nell'infanzia o nella società.

Siamo talmente orientati verso la rimozione collettiva della colpa, che la parola rimorso sta uscendo di circolazione. Lo attribuiamo all'unica categoria che presumibilmente non lo prova, i pentiti (non a caso i magistrati, più sensibili al linguaggio, preferiscono chiamarli collaboratori di giustizia).

Agli altri, in particolare agli assassini, si risparmia non solo la pena, ma il pentimento. Si sollecita invece il perdono dai parenti della vittima, come è accaduto alla madre di una ragazza uccisa a scuola da un coetaneo. Alla notizia che sarebbe stato scarcerato, la donna aveva confessato che non poteva perdonarlo, anche perché lui non aveva mostrato alcun rimorso.

L'ultimo punto appariva però sfocato agli occhi di chi la intervistava. L'essenziale oggi è il ricupero, vero o presunto, del colpevole: come se la pena e il risarcimento ideale della vittima fossero parole vuote. E come se il ricupero stesso non passasse attraverso la coscienza della responsabilità: cioè della colpa.

✧

Delitto e riabilitazione – È il titolo che Dostoevskij, se fosse nato e cresciuto nell'Italia d'oggi, sostituirebbe al vendicativo e superato *Delitto e castigo*.

Per giustificare il festival del perdono, possibilmente immediato, si ricorre al modello del Cristianesimo, dove il riscatto del peccatore è centrale. Ed è la svolta della nuova fede. Ma questo non elimina affatto – né sul piano religioso, né sul piano etico, né sul piano civile – la colpa, la condanna e l'espiazione.

Sulla durata di quest'ultima, almeno nell'aldilà, non c'è unanimità di interpretazione. Teologi insigni, da Origene a Gregorio di Nissa, intravvedono un limite al fuoco della Geenna. La sanzione appare ad altri così terribile da indurli a immaginare che l'Inferno sia vuoto. Questa era anche la fede di Papini. Nessuno comunque immagina un soggiorno in una casa di rieducazione di mezza montagna.

Per vedere se il Nuovo Testamento avalla il corale invito al perdono rivolto dagli spettatori alle vittime, ho cercato nelle sue pagine non la prova, ma la controprova: e cioè quanto vi sopravvive di non-perdono. Ho consultato la *Concordanza tematica del Nuovo Testamento*, curata da Olivier Odelain e Raymond Séguineau nel 1989 e tradotta dalle Edizioni Dehoniane nel 1993.

Cerco le voci condanna e pena, non esistono. Saranno acquattate dentro altre voci. Tento una voce che illumina per natura: fuoco. E infatti, accanto a fuoco come simbolo della santità di Dio, a fuoco come strumento di prova e di purificazione, c'è il fuoco della punizione. Ricorre in un numero sorprendente di casi, dura più di tutti gli ergastoli ed è riservato a un gruppo variegato di peccatori.

Lo so, la giustizia laica non è quella religiosa e fa bene a non prenderla a modello (non sono da rimpiangere i tempi in cui ha creduto di farlo). Ma, appunto, eviti di farne un modello da imitare: sia perché fraintende le proprie funzioni, sia perché fraintende il modello. Possiamo pure leggere il Cristianesimo come religione del perdono, ma è al tempo stesso religione del libero arbitrio, della responsabilità del male, della espiazione del peccato.

I pensatori cattolici più lucidi, come Pietro Prini, più sensibili al Cristianesimo vissuto nelle coscienze piuttosto che cristallizzato nei dogmi, tendono a liberarlo dalla cornice antropologica antica per aprirlo a una moderna esperienza storica del mondo.

Ma nessuno, anche se non crede più alla eternità della pena, crede alla irresponsabilità della colpa e al perdono come salvacondotto, religioso e laico, dei criminali.

✧

Le distruzioni del dopoguerra – Apprendiamo, da una inchiesta sui giochi, che i bambini prediligono quelli tradizionali. Stupore diffuso. Costernazione.

Conservatori si nasce? Mi viene in mente quel personaggio che, in una commedia di Labiche, dice a un ragazzo: «Così giovane e già figlio di un capostazione?».

Ma le tradizioni non le amano gli anziani? No, gli anziani le detestano. Le colate di cemento che hanno pietrificato l'Italia nel dopoguerra non erano volute dai giovani. Erano volute da generazioni che, contagiate dai bombardamenti, continuavano la distruzione per realizzare la *ricostruzione*. Ricordo gli occhi commossi con cui veniva vissuto l'insediamento di una fabbrica, possibilmente in un paesaggio romantico o in un centro storico. L'alibi sociale era fornito dall'impiego della mano d'opera e dall'incremento dei servizi, entrambi destinati a rivelarsi effimeri se non illusori. La spinta più potente proveniva da quell'odio del passato tipico delle generazioni che l'hanno vissuto.

La fortuna degli antiquari nel dopoguerra è debitrice della furia con cui nei paesi ci si liberava di tavoli e cassapanche e madie di un artigianato secolare e, nelle città, di arredi liberty e déco, giudicati frivoli e leziosi. Dominava, nella chiacchiera della moda, un funzionalismo chiamato razionale. Lo avallavano imperiosi e bonari maestri mondani di design. Rivedo, in una delle prime trasmissioni televisive, un architetto illustrare, con semplicità didattica, che cosa è un letto. «È un parallelepipedo» esordisce furbesco. «Che, per dare spazio alla camera, deve ridursi al minimo delle dimensioni.»

Comincio ad ascoltarlo con interesse, anche perché le mie dimensioni non sono minime. «Perciò il letto» prosegue, «che nelle camere di una volta occupava il centro, oggi deve occupare un angolo.» Mi sento emarginato in casa, condizione del resto più frequente di quanto si immagini. «Il letto serve a una sola funzione» conclude. «Dormire.» Una sola?, vorrei chiedergli.

C'è, in ogni disciplina, la ciclica aspirazione a ricominciare dagli elementi di base. Tipica dei grandi cuochi è la civetteria sapienziale di partire dall'uovo. L'arte di Giotto si iscrive nell'aneddoto emblematico di una O che è anche uno zero. Nella pittura Kandinskij muove dalla grammatica elementare di *Punto, linea, superficie*. Il rischio dei nostri giorni, incarnato da quell'arredatore illuminista, non è solo di ridurre l'uomo a funzioni, ma di dimenticarne alcune essenziali.

Leggiadre sale floreali di morbida grazia curvilinea sono state in quegli anni sacrificate alla razionalità ovvero all'ennesimo tradimento perpetrato in suo nome. Le sostituivano i mobili cosiddetti "in stile", miraggio inestinguibile di chi non l'ha. Oggi le riacquistano i discendenti, pagando a un prezzo altissimo le svendite della famiglia.

Sono soprattutto i giovani – i migliori, si intende – a volere la salvaguardia dell'ambiente in un senso naturalistico quanto culturale. A riscoprire le tradizioni, le feste, le canzoni popolari, il patrimonio dei dialetti. L'ecologia non è materia dei colonizzatori, è la ribellione al saccheggio. Non a caso recluta aderenti soprattutto nelle ultime generazioni, le più danneggiate. La specie si difende, elabora anticorpi protettivi. Questa reazione immunitaria è parziale, altrimenti ci aspetterebbe un prossimo Eden, mentre non ne abbiamo avvisaglie.

Però in alcune parti dell'organismo sociale l'evoluzione agisce. I nipoti dei cacciatori che si facevano fotografare con il piede posato sulla bocca del leopardo, debitamente fucilato, oggi fanno cortei contro chi ne indossa la pelliccia. Certo Schopenhauer non poteva sospettare che entro un secolo la volontà di vivere si sarebbe manifestata – su una terra sempre più predata dall'uomo – come volontà di sopravvivere.

✧

Sulle gioie della tabula rasa – Una immagine che ricorre nella mente degli uomini e alimenta i programmi di annientamento, non meno che di ricostruzione, è quella della *tabula rasa*. Esercita una attrazione altrettanto potente che le tavole della legge.

Tabula rasa era nell'antichità la tavoletta cerata su cui si era "raso" ciò che prima si era inciso con lo stilo. La tavoletta, come una lavagna ripulita, era pronta ad accogliere una scrittura nuova.

A questa immagine ricorre Aristotele nel trattato *Sull'anima* per indicare le disponibilità dell'intelletto e vi ricorre anche il sensismo degli Stoici e l'empirismo di Locke per indicare l'assenza di ogni conoscenza anteriore alla esperienza.

Il senso costruttivo della *tabula rasa* ha avuto però, nel linguaggio comune, una fortuna inferiore a quello simmetrico e distruttivo di "fare *tabula rasa*".

Questa espressione circola nella nostra lingua fin dal Trecento e nelle aspirazioni umane fin dalle origini. I roghi delle biblioteche ne sono forse l'esempio più efficace, anche perché *tabulae* e libri sono consanguinei. Le nuove fedi, religiose e politiche, la considerano una operazione di *pulizia* del passato. A questa intolleranza fanatica, alla incapacità di difendersi non tanto dai nemici esterni quanto dai propri dubbi, dobbiamo perdite il cui valore viene quantificato solo da chi non sa capirlo.

Però la distruzione di una cultura può essere voluta anche senza sperare nell'avvento di una nuova. Basta l'odio. Non si ha la minima idea dell'odio che un numero impressionante di uomini – esclusi per limiti di istruzione, di esperienza e di interesse dalla cultura – le riserva. Lo scopriamo solo nei movimenti di massa, nelle rivoluzioni, nell'esplodere dei conflitti sociali e delle collere individuali. Spesso, tra i più accaniti contro la cultura, troviamo uomini considerati di cultura. La odiano come fonte indiretta di potere, occasione di sopraffazione, superiorità inaccettabile. Ho conosciuto persone che avversavano una disciplina da quando chi la insegnava li aveva umiliati, magari nell'infanzia. Il rispetto formale e l'ossequio esibito hanno in loro la spontaneità degli atti dovuti. Per molti, anche se lo negano, la cultura è il nemico interiore più disprezzato, perché più temuto.

L'uomo del *risentimento*, sceso dal piano religioso di Nietzsche a quello borghese di Scheler, è diventato folla. Sensi di inferiorità, frustrazioni, confronti perdenti si consolidano in un odio corposo quanto vergognoso di sé, durevole quanto sotterraneo, invincibile quanto inammissibile.

Non stupisce che, per queste persone, l'idea di fare *tabula rasa* sia una liberazione dall'angoscia. Come spiegare il consenso tanto spontaneo alla repressione culturale sotto le dittature religiose o laiche, politiche o civili?

✧

Raffaello e la tabula rasa – Ci sono altri fini nel *radere*: per introdurre nella cultura nuove gerarchie, dare spazio a valori che sembrano più importanti e scegliere, con delicata brutalità, tra conservare e rinnovare.

È un problema che assilla gli urbanisti. Che cosa conservare? Sventrare è il verbo che nell'Ottocento li attirava di più, basta pensare alla Parigi "rinnovata" da Haussmann con i grandi *boulevards*, che distrussero un reticolo secolare di storia urbana. Ma anche la Roma della prima metà del nostro secolo offre esempi spettacolari di spianamento prospettico.

Chi, sull'esempio di Alessandro il Grande, recide con un colpo di spada il nodo gordiano dei dilemmi è Giulio II, il papa forse più dotato per le arti e per le armi. Non gli piace alloggiare in Vaticano nell'appartamento Borgia e decide di allestire per sé il piano superiore. Affida il compito di affrescare le stanze a pittori come il Sodoma, il Bramantino, Luca da Cortona e il Lotto. I lavori sono già cominciati quando vede i saggi di Raffaello, un giovane "di autorità non ancora solida", come sottolinea Paolo Giovio. Ma il papa segue quell'impulso che nei geni è divinatorio e negli idioti è catastrofico, l'intuito. Decide di fare *tabula rasa* e di lasciare il campo a Raffaello.

A tre verbi ricorre il Vasari per raccontare la sorte destinata ai maestri posposti: gittare per terra, mandare per terra, buttare per terra.

L'aspetto emozionante di queste vicende è la grandezza artistica di vincitori e vinti.

Una sorte ancora più malinconica era toccata a Piero della Francesca. Chiamato a Ferrara dal duca Borso d'Este per affrescare il palazzo, "dipinse molte camere, che poi furono rovinate dal duca Ercole vecchio, per ridurre il palazzo alla moderna".

Non vorrei insistere su coincidenze maliziose. Ma questo duca che vuole ridurre (verbo insuperabile) il palazzo alla moderna mi ricorda tanti nostri contemporanei.

Un'altra coincidenza è che, "vecchio", insegua la

gioventù anagrafica del moderno e la anteponga alla vitalità perenne di Piero della Francesca. Forse la *tabula rasa* non era solo il fine della sua azione, ma la condizione della sua mente.

✧

Grandi scrittori – I grandi scrittori sono in continuo aumento. Quelli che scarseggiano sono gli scrittori.

✧

Talento e tecnica – La fretta, anzi la voluttà, con cui si antepone il talento allo studio, al lavoro, alla pazienza. «Il talento non si insegna!» sento proclamare alla televisione, con orgoglio collettivo, dal grillo di turno. «Invece che di tecnica parliamo di talento!» Liquidando così l'unica cosa che possono acquisire. Come se avessero l'altra!

✧

Scrivere senza correggere – Se ne sta diffondendo il gusto, se non la moda. E di dichiararlo con orgoglio.

Scrivere *è* correggere, aveva detto una volta Sartre,

rammaricandosi che la cecità glielo impedisse. Oggi la considererebbe, letterariamente, una fortuna.

✧

Atletica e scrittura – Si comincia a scrivere un testo appena se ne accetta la commissione, anche se ci si riduce a scriverlo l'ultimo giorno. In quelli precedenti infatti la mente non è libera, è occupata dall'attesa del testo e prova le prime soluzioni, magari per scartarle.

È questo di solito il momento in cui si subiscono gli agguati da parte di chi ti vede ozioso, inerte, assente. Nessuno immagina che stai scrivendo.

Qualche decennio fa avevo una parente che mi piombava in casa per le collaborazioni più futili, approfittando del fatto, diceva, che non facevo niente. Una volta le avevo spiegato che un atleta immobile sull'erba, prima del salto in alto, non sta facendo niente, sta facendo concentrazione. E non puoi chiedergli nel frattempo di rispondere a una intervista.

Come accade in questi casi, l'avevo aiutata a capire qualcosa di atletica, ma niente di letteratura.

✧

I palleggiatori da fermo – Ho conosciuto, ai tempi della scuola e del servizio militare, i "palleggiatori da fermo": nella pallacanestro, nel calcio, nel tennis. Compagni che ci riempivano di invidia per la loro abilità di giocolieri negli esercizi fuori partita.

Nella pallacanestro soprattutto, in piedi o seduti, imprimevano al pallone spinte elastiche, scandite da percussioni martellanti e accelerazioni improvvise. A volte si giravano verso il canestro, come colti da un raptus silenzioso, e, avvitandosi nell'aria con l'eleganza di un Nureiev, lo centravano con ostentata indifferenza. Nel calcio ci stancavamo addirittura di contare i loro record di palleggi, alternati a colpi di testa e di tacco in acrobazia. E negli scambi al tennis ci spiazzavano allungando il braccio con la rigidità meccanica e lunare di un Tati.

Peccato (non manca mai) che i campioni virtuali, durante la partita, naufragassero. La prontezza d'occhio, l'invenzione delle mosse, gli scatti decisivi, la resistenza fisica, l'ineleganza del sudore: ecco un piccolo campionario delle caratteristiche di cui difettavano.

Ogni tanto penso ai "palleggiatori da fermo" quando sento dire di qualcuno che è intelligente, raffinato, colto, brillante, dotato di fantasia, di gusto, di talento. Che cosa può mancare, mi chiedono, a uno che ha tante doti per diventare uno scrittore? Bisogna vederlo in partita, rispondo.

✧

In attesa dell'ispirazione – Mi hanno chiesto che cosa faccio in attesa dell'ispirazione. Ho risposto che, in attesa dell'ispirazione, aspetto. Creo il vuoto (a volte c'è già, si tratta allora di conservarlo). Il problema è di tenere la mente libera dalle idee fuorvianti (difficile) e dalle idee banali che ci assediano (ancora più difficile).

Una regola da evitare è di "pensare ad altro", come si consiglia per l'impotenza, parola dai molteplici impieghi e dalla comune angoscia. Meglio "pensarci sopra", come consigliava uno scrittore reso impopolare sia da quelli che l'hanno insegnato sia da quelli che non l'hanno appreso: Manzoni.

Evitare di scrivere come scriverebbe un altro (lo farebbe meglio). Evitare di pensare – come dichiarano i critici in deliquio occupandosi di un grande autore – che tutto è già stato detto da lui. Pensare invece il contrario: niente di quello che vorresti dire è mai stato detto prima. Se poi sia vero lo deciderà il testo (e il tempo). È importante comunque non abdicare. Ciò che oggi sconcerta non sono le ambizioni smisurate, sono le ambizioni modeste, come i matrimoni riusciti: ci si aspetta tanto poco dal matrimonio, che alla fine non manca di darlo.

Ambizione, concentrazione, lavoro. E se il risultato non persuade? Si ricomincia, con pazienza. Dimenticavo questa dote essenziale.

✧

L'età degli scrittori – Molti, all'approssimarsi dei cinquant'anni, non l'hanno più.

Prima lo si riteneva un privilegio delle donne, che nei risvolti di copertina non risultano mai nate. Vivono in luoghi precisi, ma precisano l'età solo quando lo fanno i posteri. Era una tradizione gentile e giustificata, vista la stupidità degli uomini che le valutavano in base all'età (ora i tempi, come tutti dicono e come nessuno constata, sono cambiati). Poche le eccezioni che, denunciando l'età, prendevano esempio dagli uomini. Non potranno più farlo, da quando gli uomini prendono esempio dalle donne.

Questi uomini hanno di solito un'ampia produzione alle spalle, avviata nel primo dopoguerra, e si presume che non abbiano cominciato a sette anni. Perché allora non rivelare una età che ognuno intuisce e qualcuno forse esagera, trasformando un settantenne in un novantenne? Per i giovani la differenza è del resto irrilevante.

Altri si cautelano in anticipo. Hanno da poco superato i quarant'anni e fingono, omettendo l'età, di non curarsene. Che cosa conta l'età?, rispondono quando vi si accenna. Contano le opere, il percorso, l'età mentale. Ma allora perché sopprimere, chiedo, quella anagrafica?

Piccola parentesi. A chi interessa l'età? A tutti. I rotocalchi indicano sempre l'età accanto a ogni personaggio. Non mancano le sorprese. Ci sono donne che sfiorite a sessant'anni rifioriscono a settanta.

L'altra sera era stata annunciata, in una trasmissione, una attrice che ammiravo da ragazzo. Mi aspettavo, non senza disagio, un reticolo di rughe, un idolo peruviano, un codice pergamenaceo sottratto parzialmente alle fiamme, uno sguardo furtivo gettato sul baratro del Maelstrom: e invece ho visto una bellezza rosea e levigata, un Watteau scelto da Roy Lichtenstein per una serie di sorrisi irrigiditi da un ictus cosmetico.

Dunque l'età è un dato che a nessuno sfugge e a cui non sfugge nessuno. Ostentare distrazione finisce per significare il contrario. L'aspetto meno spontaneo nei campi dei nudisti, che vagheggiano la spontaneità, è che tutti guardano altrove.

Io credo che l'età la si debba accettare in tutti i suoi risvolti, compreso quello di copertina.

✧

Sempre più giovane – Ricordo uno scrittore che, convivendo con una ragazza trent'anni più giovane di lui, si era messo a portare strane cinture con borchie.

Sono quelle che portano i giovani oggi, mi aveva spiegato. Bisogna adeguarsi, mio caro, aveva aggiunto. Io lo osservavo sbalordito.

Che lei lo avesse scelto perché non assomigliava

ai suoi coetanei era una ipotesi che non prendeva neanche in considerazione. Si sentiva, e voleva essere, come loro. E forse, purtroppo, ci riusciva.

✧

Letterati – Scrivono l'elogio del pennino quando compare la macchina da scrivere e l'elogio della vecchia Olivetti quando compare il Macintosh.

✧

I presenti assenti – Ci sono intellettuali che, dopo una certa età, non vedono più, rivedono. Interrogati su una mostra, raccontano quella di trent'anni prima, su un congresso di scrittori quello di quarant'anni prima, su un politico suo padre. Il futuro è alle spalle. Hanno già visto tutto e al presente riservano insofferenza e disprezzo.

Di solito, più che l'eterno ritorno di Nietzsche, è l'eterno ritorno del pettegolezzo. Vorrebbero girare in pubblico con un contrassegno: "Sono qui, ma sono altrove". Gli altri però non lo vedono e così loro cercano di mostrare a tutti che girano in incognito.

✧

Distinguersi – Quello che delude negli snob è che cercano sempre di distinguersi dagli altri. Si distinguessero da se stessi!

✧

Sui maestri scomparsi – Come invidio a certi miei coetanei l'epoca in cui siamo cresciuti! L'epoca in cui si poteva telefonare nel cuore della notte a X e a Y e se ne traevano lumi e conforto! L'epoca degli ultimi maestri, degli ultimi critici, degli ultimi interlocutori possibili, degli incontri volanti in bar aperti a ore piccole, dove ci si scambiava le ultime impressioni sugli ultimi spettacoli con l'ultimo conoscitore del teatro europeo e si raccoglievano preziose interiezioni di X mentre prendeva l'ultimo caffè o si incespicava sulla soglia in Y che usciva per prendere l'ultimo autobus e ritornare a casa!

Eppure l'epoca era la mia. E anche se Piccadilly Circus mi era meno familiare di Inverigo, anzi non l'avevo mai visto, avevamo non pochi amici in comune, scrittori e poeti non ignobili, critici non infimi con cui si faceva a Milano, sotto la guida di Anceschi, una rivista che aveva un progetto non degradante, l'Europa.

Io dovevo essere molto distratto, perché non mi sento orfano di un'epoca. E accanto a incontri e a telefonate indimenticabili con X e Y ricordo altrettante occasioni in cui gli stessi X e Y mi sgomentavano per la loro parzialità e i loro limiti. E non ero l'unico, la stupidità ci assediava da tante parti, compresa la nostra. Forse la percezione del comico, frutto di una silenziosa disperazione, influiva sulla mia prospettiva. Ma non mi sembrava che l'euforia esibita in pubblico fosse anche privata.

I tempi, dall'inizio dei tempi, non fanno che peggiorare, non lo dico con ironia, è una cosa che gli scrittori, da Esiodo in poi, ripetono a ogni generazione. E ci deve essere un fondo di verità, se lo dicono in tanti. Io stesso avrei argomenti per lamentare scadimenti di tono, cali di livello, cadute di gusto, scomparse di amici. Penso comunque che i giovani avranno a chi telefonare. O forse, che è anche meglio, a chi non telefonare.

Lo so, ognuno ha – e si sceglie – il proprio passato. La cosa più difficile è scegliersi il proprio presente.

✧

Maestri in vita – Dispiace nei cosiddetti maestri non che cambino le idee, ma che le idee non li cambino.

✧

Maître à penser – Genio troppo compreso per meritare di essere capito.

✧

I bilanci dei letterati – I letterati avevano inventato, alla svolta del millennio, un nuovo gioco dell'oca: quello della posterità.

L'Apocalisse mancata li induceva a consuntivi frenetici, a pause di riflessione febbrile, a fughe in avanti con l'ultimo esordiente o a ritorni al punto di partenza con il rastrellamento di autori negletti o di contemporanei defunti, condizione tra le più pregiate in Italia. La morte del letterato ha infatti lo stesso effetto che nel mercato dell'arte quella dell'artista: fa salire le quotazioni.

Pochi rinunciavano al brivido di sostituirsi a un giudice di qualche peso, Dio, nel gestire un processo ghiotto da secoli, il Giudizio Universale. Piaceva la grandiosa Valle di Giosafatte, con la sua definitiva separazione tra eletti e reprobi. Ognuno redigeva le sue liste di proscrizione, includendovi gli odiosi e gli odiati, ed elaborava il suo canone privato, spesso intimo, includendovi l'amico da lanciare o il patron da propiziare. Poi metteva il suo messaggio in una bottiglia e la scagliava nell'oceano della posterità, ovvero su un quotidiano.

Chi ci avrebbe salvato dai canoni del millennio? Solo il suo passaggio.

Ci sono comunque letterati più pensosi, tanto affezionati alle gerarchie ideologiche da attribuirle agli eredi meno affidabili: i posteri. Che cosa saranno le nostre buone cause non dico tra qualche secolo, ma tra qualche decennio? Ci ricordiamo di Archiloco, di Alceo e di Orazio, che confessavano di avere abbandonato lo scudo per darsi alla fuga, ma chi si preoccupa dei loro sfortunati compagni? Poerio e Mameli si sono addirittura sacrificati per la patria (oggi partiti e parrocchie chiedono oboli più modesti) ed erano in sincronia con l'orologio della Storia. Eppure la Poesia, anche quella con l'elmo di Scipio, non ha mostrato una gratitudine durevole.

Gli ideologi che contano sulla solidarietà dei posteri non riescono quasi mai a rispecchiarsi nei figli, che lo considerano una fortuna. Sperano allora in eredi più lontani.

Ma ogni generazione ideologica è delusa dalla successiva: perché si accorge di trasmetterle, come si usa dire, un testimone di cui l'altra tende irresistibilmente a sbarazzarsi. Altro che passarlo ai nipoti.

Del futuro i letterati, e gli uomini in generale (con l'eccezione dei geologi e degli astronomi), hanno una immagine sfocata. Alcuni pensano che finisca nel 2030, anche perché così sperano di viverlo (in fondo hanno sempre pensato che i posteri sono loro). Altri si spingono invece fino al Tremila, forse allettati dall'idea di un nuovo Carnevale planetario. Non ho mai sentito nessuno che dicesse, neanche di sfuggita, neanche a voce sommessa,

50.000 dopo Cristo. Eppure sarà un segmento irrisorio rispetto alla età della Terra. E 50.000 sarà niente rispetto al 900.000 che seguirà e alle decine di milioni di anni che verranno dopo. I più pessimisti tra gli scienziati parlano, salvo microincidenti cosmici, di miliardi di anni prima della fine della posterità.

Ma teniamoci a una data più vicina, 50.000 dopo Cristo. Che cosa saranno la destra e la sinistra (già ora c'è qualche confusione)? E la morte e la risurrezione del romanzo? Le opere che arriveranno a quei posteri saranno (sono pronto a scommettere, c'è qualche problema per la verifica) le stesse che sono arrivate fino a noi. Orazio vantava di avere eretto un monumento più perenne del bronzo e non si sbagliava. Continua a godere di ottima salute, cosa che non si può dire di quelli che lo irridono. Le sue opere non durano una stagione, ma migliaia. Pare non abbia il problema di superare i fatidici tre mesi di presenza in libreria.

Quanto a Petrarca, la sua epistola alla posterità trova, dopo oltre mezzo millennio, posteri affascinati, mentre le chiacchiere dei suoi detrattori si spengono ancora prima di loro. E anche il nostro secolo non mancherà di mallevadori e liquidatori.

La Valle di Giosafatte è sempre piena: più che di scrittori, di giudici.

✧

Romanzesco e romanzo – "La vita scorreva uguale, identica, immutabile..."

Ma quando mai? Quando mai la vita scorre uguale, identica, immutabile? E quante volte l'abbiamo letto nei romanzi dell'Ottocento?

È il loro aspetto più romanzesco.

✧

La crisi del romanzo – Leggo su "Panorama" in un articolo di Claudio Serra, dedicato alla crisi della cucina francese, la risposta di Gianfranco Vissani, definito il più sperimentale cuoco d'Italia:

"La crisi della cucina francese mi ricorda la crisi del romanzo. Una storia ricorrente. Poi arriva qualcuno che se ne infischia dei generi e delle classificazioni letterarie. Sforna un capolavoro. Applausi universali. E si ricomincia daccapo."

Non allarmiamoci, è solo il parere di un cuoco.

✧

Valentino Bompiani – Fulmineo quanto lungimirante nella acquisizione degli autori, era un maestro anche nelle lettere di rifiuto editoriale. Alla lode aerea ("Lei vola troppo alto!") contrapponeva la natura terrestre della sua casa. Ho letto una sua risposta che diceva: "Lei è già un classico. Noi pubblichiamo autori contemporanei".

✧

La presenza dell'autore – Vediamo Kafka quando leggiamo le sue opere? No, vediamo ponti, scale, castelli, cortili, tronchi sulla neve, aule di tribunale, insetti mostruosi, muraglie cinesi, messaggeri che cercano di fendere la folla. Dov'è Dostoevskij mentre Raskòl'nikov esce in un crepuscolo afoso di luglio per dirigersi a un ponte sulla Neva? È l'autore a seguirlo a distanza e poi a entrare in lui, ma noi non vediamo l'autore, vediamo il personaggio. E quando Buck Mulligan avanza in cima alla scala dell'*Ulysses* con il bacile, il rasoio e la schiuma, mescolando il sacro e il profano, noi lo vediamo dal basso acquattati con l'autore, che però non sappiamo che è Joyce. E neanche vediamo l'autore intento a nettarsi le unghie fuori del quadro, come gli piace rappresentarsi in *Dedalus*.

Questi esempi, molto diversi tra loro, di abrasione della firma dell'autore sulla sua tela hanno la loro matrice nella *impersonalità* caldeggiata da Flaubert. La teoria, con le sue contraddizioni interne, è stata a suo tempo contestata ironicamente da Croce, questo pensatore dalla semplicità labirintica, diviso tra vertigini teoretiche degne di Wittgenstein e buon senso partenopeo degno di conciliazioni extragiudiziarie.

Ma, diceva Borges, tutte le poetiche sono buone purché producano opere buone. E non c'è dubbio che la rimozione dell'autore – con i suoi commenti esecratori o pietistici – abbia favorito la creazione di opere grandiose.

I problemi nascono quando le poetiche sopravvivono all'epoca che le aveva generate, imponendole agli artisti come una necessità ineludibile.

Congedare se stesso sulla soglia della pagina gratificava l'autore, che aveva la sensazione di entrare in un laboratorio sperimentale, dove si elaboravano studi comportamentali dei personaggi e analisi chimiche o spettrografiche dei loro flussi di coscienza. Lo scientismo imperante percepiva la presenza dell'autore come un soggettivismo inaccettabile.

Oggi però la scienza ha mutato prospettive. La visione antropica, le teorie della complessità, l'ecologia della mente di Bateson ci propongono nuove immagini dei rapporti tra l'uomo, l'esperienza e il cosmo. Può darsi che non tutti gli artisti le conoscano, ma conoscono l'epoca che le ha prodotte, perché è la nostra.

La proscrizione dell'autore non manca comunque di ritornare in periodiche liste, soprattutto di certa avanguardia, più fedele ai propri dogmi che qualsiasi accademia. E il dogma che l'autore non debba mai imporre la sua presenza (a differenza che nella grande tradizione del romanzo, da Defoe a Sterne a Dickens, da Manzoni a Balzac) è una delle pregiudiziali più idiote della narrativa contemporanea. Ne so qualcosa perché l'ho condivisa per anni.

Il rigore delle ideologie, una volta che abbiano esaurito la loro carica vitale, si trasforma in *rigor mortis*, terrificante quando viene sostenuto dal potere politico. Ma oggi nella narrativa serpeggiano salutari e tonificanti tendenze centrifughe. Il genere del romanzo, dopo avere celebrato le proprie esequie, risorge in modi spuri, tradendo regole che non ha mai avuto. E si sviluppa in direzioni sconcertanti. Non vuole, nei casi migliori, replicare una forma, ma scoprire la propria. Ed è questa la meta idealmente più importante dei narratori.

Così la figura dell'autore riappare tra le righe. Ora dilagante, ora reticente, ora sarcastica e beffarda, ora misurata e allusiva. Non parlo ovviamente del racconto in prima persona, alla quale nessuna opzione scientifica poteva, neanche in passato, tagliare la testa. Parlo di quel personaggio in seconda che è l'autore non coinvolto nella storia. E, più in generale, parlo di qualcosa di più essenziale e prezioso: la libertà di muoversi (e di raccontare).

✧

Testo e simpatia – Mentre leggevo le prime righe di un saggio intitolato *Amore evolutivo*, scritto da uno dei pensatori più geniali dell'Ottocento americano, Charles S. Peirce, ho provato una immediata simpatia. Da che cosa nasceva? E quanto conta la simpatia nella appropriazione di un testo?

Ecco l'esordio:

"Quando la filosofia stava appena uscendo dal suo bozzolo dorato, dalla mitologia, proclamava che il grande agente evolutivo dell'universo era l'amore. Ora poiché questo gergo da pirati, la lingua inglese, è povero di simili parole, chiamiamolo Eros."

Che cosa ci attrae, in quest'alba miniaturizzata del pensiero greco, in questo solidale incontro di Orfeo e di Darwin, in questo fulmineo quanto micidiale excursus sulla lingua inglese? Io direi, accanto alla lucidità, la simpatia.

"Bozzolo dorato" non è solo una immagine che diffonde chiarore sugli astratti circostanti, ma è un gesto amichevole verso il lettore, un segno di fiducia verso le sue attese molteplici, un credito aperto al suo desiderio di idee e insieme di visioni (le due parole in greco nascono dalla stessa radice). La liberalità di Peirce svela la sua simpatia per il lettore e così la suscita, come accade nei rapporti personali.

"Il grande agente evolutivo dell'universo era l'amore." Ecco un anacronismo inventivo, lontano dall'illusionismo dei divulgatori brillanti, che si limitano a mescolare il moderno all'antico e fraintendono l'uno e l'altro. All'ombra di Comte, il grande agente evolutivo dell'universo è una simbiosi di metamorfosi orfica e di evoluzionismo positivistico, priva delle virgolette didattiche che, per sottolineare l'ironia, finiscono per annullarla. Che sollievo quando le si può omettere, perché il lettore sa metterle lui. Niente di meno accattivante dell'autore che le introduce, pensando che l'agilità del lettore sia deficitaria come la sua.

"Questo gergo da pirati, la lingua inglese": si può immaginare, pronunciato da chi la usa, un giudizio più truce e insieme più liberatorio? Non voglio entrare nel merito del gergo, su cui hanno lavorato generazioni di linguisti. Quanto ai pirati non si può negare che la storia offra qualche pezza d'appoggio a Peirce, discendente dei coloni. Ma non è questo il punto. Decisivo è il *tono*, comunicativo, sarcastico, inappellabile, venato di cupa insofferenza e di feroce giovialità. È l'irruzione di un parlato umorale in una tessitura logica. Tutto è scritto, naturalmente, ma la forza di Peirce è di trasmetterci una esclamazione concettuale, una interiezione articolata, una dilatazione dell'orizzonte intellettuale non meno che di quello emotivo.

Quando parlo di simpatia alludo a quella sintonia silenziosa che trasforma il patto tra autore e lettore in alleanza. Ed è singolare che questo accada, come si è visto con Peirce, anche nelle opere dei filosofi. Chi ha letto l'autobiografia di Hume, nei *Dialoghi sulla religione naturale*, curati nel 1997 per Einaudi da Alessandra Attanasio, non può dimenticare la semplicità, affabile e dimessa, di questo appassionato narratore dei limiti della ragione. La sua confidenza è disarmante perché disarma il lettore con il dono dell'amicizia, ovvero la caduta della aggressività. Così racconta di sé:

"... ero sempre incline a vedere il lato favorevole delle cose piuttosto che quello sfavorevole: una disposizione mentale che a possederla rende più felici che essere nati con una rendita di diecimila sterline l'anno."

È lo stesso uomo che, colpito a 65 anni da una malattia giudicata incurabile, scopre in se stesso una rassegnazione e una serenità che lo sorprendono. Tanto che, aggiunge, "se dovessi indicare il periodo della mia vita da scegliere per viverlo nuovamente, sarei tentato di indicare proprio questo ultimo periodo".

La simpatia introduce nel testo una voce affidabile, una inflessione amica, una presenza umana che ci attrae perché ci arricchisce con l'esempio. Noi tendiamo nella valutazione a ignorarla. Lo facciamo per ragioni comprensibili. Temiamo di indulgere alla psicologia e di cedere alle suggestioni di un pathos invadente. Diffidiamo inoltre di un autobiografismo romantico che cerchi la complicità attraverso la confessione non intima, ma privata; e che oscilla tra denigrazione e celebrazione, fedele a un'unica divinità, il narcisismo. La simpatia, nella generale mercificazione, è a sua volta diventata una merce a disposizione dei venditori più capaci, dai politici ai letterati nei teatrini in pubblico.

Non è questa la simpatia di cui stiamo parlando. È la consonanza tra autore e lettore nell'amore comune per ciò che ci fa più paura, la verità. È la libertà che l'autore restituisce alla collaborazione del lettore. È il loro camminare insieme nel viottolo che abbrevia il percorso.

Ci sono poeti come Palazzeschi, come Cummings, che conservano negli anni una grazia infantile e tenera. La prosa di Savinio irradia una simpatia fragrante, onnipresente, contagiosa. Difficile immaginare chi, come lui in *Maupassant e l'Altro*, potrebbe osare su Croce un giudizio di tanta levità inventiva:

"Benedetto Croce che parla di poesia a noi fa l'effetto di un prete che parla di reggipetti."

E chi potrebbe cominciare un ritratto di Felice Cavallotti (come fa in *Narrate, uomini, la vostra storia*) con questa immagine del Duomo di Milano, culmine marmoreo delle ascensioni lombarde:

"Le guglie del Duomo, che l'aurora sbiancava già vestita del manto dell'Italia, sorgevano a mazzi d'asparagi nel cielo di Milano."

Non si dà abbastanza spazio alla simpatia, nella analisi della nostra adesione agli scrittori. Ma quante cose accadono senza che noi lo sappiamo. Lo spazio la simpatia se lo prende da sé.

✧

L'autoironia – Basta farlo con autoironia, dicono le pornostar, gli scrittori nei circhi, i politici sui palcoscenici. C'è tanta autoironia in circolazione, che per l'ironia non c'è più spazio.

✧

Pensiero e punto esclamativo – Puntini di sospensione e punto esclamativo non sono visti con simpatia dai narratori moderni. La grandiosa eccezione di Céline ne evidenzia un impiego iperbolico. Ma in generale gli eredi ortodossi o degeneri o centrifughi del naturalismo diffidano delle febbri emotive, quando alterano la temperatura costante della prosa. L'impersonalità della scienza non cessa di modellare, a distanza di oltre un secolo dai laboratori positivistici, la maschera atarassica di tanti autori.

I due segni di interpunzione avevano probabilmente toccato lo zenith della loro diffusione nell'età romantica, basta pensare in Italia a Foscolo e a Tommaseo e, anche se più sobriamente, a Manzoni. E, fuori d'Italia, a Chateaubriand, a Dickens, a Dostoevskij.

La reazione non si fa attendere. E come larga parte dei narratori non usa più commenti quali "la povera figliola" (De Amicis comunque non li segue), così i puntini di sospensione vengono associati al ricatto sentimentale della reticenza, della allusività e della elusività. E il punto esclamativo al retaggio di un'enfasi declamatoria.

Per fare un esempio casuale, io ho cominciato a

usarli da non molto. Prima subivo una interdizione da parte del Super-io letterario, di cui siamo i beneficiari non meno che le vittime. E forse maturare è scoprire che una alternativa impraticabile è agevole e utile.

In compenso la prosa di molti pensatori moderni dà ospitalità sorprendente a questi segni di interpunzione. Basta pensare a Schopenhauer, a Nietzsche, a Kierkegaard, a Bergson, a Péguy, a Rosenzweig. Volevo mettere un punto esclamativo, ma ho temuto ridondanze.

Queste scelte ortografiche credo rispondano, più che a un formalismo grammaticale, a una esigenza profonda: di dare pathos alla speculazione, di fonderla con gli echi della emozione, di amplificarla nelle sue risonanze interiori. È come se il pensiero rinunciasse all'asciuttezza neutrale della logica per aprirsi alle inflessioni e soprattutto alle acquisizioni di un discorso più diretto, intensificato dalle connotazioni affettive. E credo che in questa evoluzione rientri la riscoperta della retorica non solo come argomentazione persuasiva, ma come modalità del dialogo.

Quest'ultimo aspetto viene esplorato da Ezio Raimondi in un piccolo grande libro pubblicato nel 2002 dal Mulino, *La retorica d'oggi*.

Lo studio della retorica è prezioso, lo sappiamo, per individuarne le tecniche e smascherarne e così prevenirne le astuzie, oltre che per adottarle a nostra volta a fini difensivi o aggressivi. Ma è altrettanto importante per imprimere al discorso filosofico il calore della conversazione, l'azione drammatica, anche se sotterranea, del dialogo a una voce, il confronto figurato delle idee, che acquista una pluralità di significati metaforici. In questa nuova antropologia della retorica la parola viene sottratta alla valenza univoca e arida del linguaggio logico e matematico e restituita alla ricchezza inesauribile del linguaggio umano.

✧

La letteratura fantasmagorica – Oggi il linguaggio artistico (le definizioni sono sempre difficili) predilige l'enfatico, l'iperbolico, lo spettacolare, il patetico, il sovraccarico. Il cinema degli effetti speciali contagia la letteratura, che cerca di emulare il concorrente di successo. La narrativa degli aspiranti best seller spazia di solito in una decina di metropoli e in almeno tre continenti, mobilitando fondali panoramici, città rutilanti e suburbi sordidi. L'introspezione è guidata dai tour operator e dai servizi di spionaggio.

Qualcuno proclama con disinvoltura orgogliosa, neanche fosse stipendiato da una agenzia di viaggi, che andare a New York e a Tokyo è come andare un tempo da Milano a Pavia. È vero (non è vero), ma nessuno pensava allora di farne un romanzo, mentre oggi è la materia prima, tra l'ostentazione dell'ovvio e il ritorno dell'esotico.

Scrivere sopra le righe – e sopra la realtà – appare a molti una chiave di accesso alla verità e al successo letterario. Da quando la finzione è diventata fiction non so quanto ci abbia guadagnato (il cambio del dollaro ci è sempre stato sfavorevole). L'azione viene scambiata per la velocità. Il rischio è che lo spettatore (o purtroppo il lettore, sempre più raro) si annoi.

Quando vedo in televisione due automobili che si affiancano finché una si ribalta, cambio anch'io corsia. La sensazione è che sulle autostrade americane questo modo di correre sia diventato un gioco a premi. Gli edifici deflagrano, gli eroi volano, le donne addestrate alle arti marziali sparano con pistole gigantesche proiettili da bazooka.

L'onnipresenza della iperbole le sottrae ogni sorpresa. Un alieno in via Cesare Correnti è un incontro interessante, due alieni alle tre di notte sono un pericolo, cinquemila alieni in strada sono una interruzione del traffico.

Lo strano e il mostruoso sono i nostri ospiti clandestini, non cerchiamoli negli effetti speciali, dove il modernariato si svende a prezzi di liquidazione.

✧

La scrittura visiva – Nell'epoca della comunicazione elettronica il linguaggio, da parlato e scritto, diventa visivo, sempre più legato a diagrammi, numeri, simboli, frecce di direzione, che portano però non al mondo caleidoscopico della parola, ma a un'altra icona. L'evoluzione torna così paradossalmente a una elementarità preistorica, ricuperando una gestualità visiva che aveva accompagnato il linguaggio e che ora tende a sostituirlo.

I gerghi settoriali si moltiplicano e il deserto, che inaridisce aree immense della terra, sta inaridendo altrettante aree della lingua.

Lo stesso linguaggio letterario cerca di mimare la povertà e talora la demenza della comunicazione sociale e vi riesce abbastanza agevolmente. Non sarà, credo, la via del futuro, per ora è la via percorsa da quanti sono attratti dal riciclaggio, con il plauso inevitabile di critici di modiche aspettative come le loro. Ma la letteratura più ambiziosa non può accontentarsi di calchi che pietrificano un materiale già inerte. La parola adamantina e tagliente di Karl Kraus, per limitarsi a un esempio, è stata la risposta di un genio allo sviluppo industriale della chiacchiera.

✧

Dal genio incompreso al genio incomprensibile – Il passo, nella mitologia moderna, è stato breve. Il guaio è che si fonda su statistiche piuttosto labili. Mi ricordano la patafisica del dottor Faustroll, immaginata da Jarry, ovvero la scienza delle leggi che reggono le eccezioni.

Tra queste ultime collocherei i geni incompresi.

Ne sono esistiti e certamente ne esistono in ogni campo. Ma nella storia della letteratura, delle arti e delle scienze il loro numero costituisce una parte esigua. Il resto è costituito dai geni compresi.

Naturalmente la prima statistica conforta milioni di persone, la seconda pochissime. E questo può spiegarne la diversa popolarità.

Altra invece è la prospettiva se riguarda la risposta del grande pubblico (chiamiamolo così). Che talora rinvia di mezzo secolo il successo di una novità. Accade così che un'opera rivoluzionaria sia scoperta e celebrata quando ormai è diventata reazionaria.

Sulle disavventure della ricezione, ovvero sulle mutazioni del gusto nella Storia, ha scritto un testo prezioso Hans Robert Jauss, *Esperienza estetica ed ermeneutica letteraria*, tradotto dal Mulino nel 1987. L'esemplificazione che ne offre è pittoresca e convincente. E dovrebbero meditarla certi storicisti immeritevoli dell'appellativo, che immaginano il futuro come un prolungamento più intelligente del presente, mentre magari sarà – almeno ai loro occhi, anche se chiusi per sempre – ancora più idiota.

Di solito però il genio incompreso si ritiene emarginato – più che dal grande pubblico, destinato d'ufficio agli autori commerciali – dalla cerchia dei cosiddetti competenti. Solo che perfino i competenti hanno qualche volta ragione. Non che il genio incompreso manchi di talune qualità, ma non manca di difetti letali. E alla fine il bilancio è imbarazzante.

Non assecondare la pigrizia dei lettori è a priori un merito etico e letterario. Non basta purtroppo ad assicurare il valore. Occorrerebbe anche che l'opera non fosse così penitenziale e noiosa.

Comunque essere rifiutati, per queste nobili ragioni, da un editore è già per qualcuno un successo. Il martirologio aiuta. Significa che si è sulla buona strada.

Un altro alibi è offerto dalla incomprensibilità. La sfasatura ricorrente, e storicamente feconda, tra l'arte moderna e il pubblico ha reso difficile l'esordio di alcuni geni, ma è diventata la rendita di tanti mediocri. Nel secolo della scienza non stupisce che gli sperimentatori siano stati uguagliati agli artisti, anche nelle quotazioni di mercato.

Cercare è essenziale, ne sono convinto, però trovare, come sottolineava Picasso, è ancora più importante. Con il passe-partout del linguaggio impervio non solo si disprezza ogni giudizio, lo si elude. *Finnegan's Wake* di Joyce è un testo che merita la fatica, in senso letterale, di essere decifrato, ma non direi altrettanto dei suoi imitatori. Che incontrino qualche difficoltà a pubblicare non è tanto una congiura dei tempi, quanto una congiuntura inevitabile. E le difficoltà vere cominciano non quando vengono rifiutati, ma pubblicati.

✧

Arte e provocazione – Un quadro bianco, quando lo dipingeva Piero Manzoni, era una provocazione (e anche un quadro). Ventidue quadri bianchi erano una mostra (ricordo quando l'avevo visitata con lui che mi spiegava, ridendo con serietà, che cosa significavano i titoli, ad esempio *La sofferenza di Patroclo*, in rapporto alle tele). Ma due mostre di quadri bianchi che cosa sono? E sette mostre?

Molta arte di avanguardia si elide *per contiguità*. Basta radunarla. Non accade lo stesso per il Quattrocento toscano.

✧

Formato e stile – La brevità non è più una qualità dello stile, ma una caratteristica del formato. Si stampano libri sempre più corti. L'aggettivo vale sia per la grandezza delle pagine, sia per il loro numero. Quanto alla grandezza dei caratteri, è inversamente proporzionale al formato. Si stampano libri sempre più piccoli con caratteri sempre più grandi. Sembrano un rimpianto visivo dei libri per l'infanzia e agevolano chi ha la vista corta ma non lo ammette (la maggior parte dei maschi sopra i quarant'anni, che non si arrendono agli occhiali). E agevolano chi ha poco tempo e lo ammette.

È un fenomeno che qualche anno fa avrei liquidato con una parola riduttiva, moda: più un rifiuto che una riflessione. Però ho imparato che diffidare dei propri pregiudizi è una attività che ci apre spazi deludenti quanto importanti per migliorare. La stupidità degli altri è un bersaglio fisso, la nostra la scopriamo a poco a poco, con sorpresa inquieta e acquisizione sicura. Liberarsene dà un sollievo raro, come il congedo dagli scarponi dopo una gita in montagna.

Ho imparato a essere meno insofferente di fronte alle indicazioni della moda: non per seguirle, ma per individuarne le radici e capire che rapporto hanno con il momento storico e, dettaglio non trascurabile, con il mio lavoro.

Se Callimaco, tanto per rimanere nell'attualità, diceva nel III secolo a.C. "grande libro grande male", non solo inaugurava il gusto del piccolo (i migliori non si accodano alle mode, le promuovono), ma segnalava, oltre alla incapacità di ricreare l'epos, la necessità e anche il bene di scelte diverse. E queste scelte, più che dalla rassegnazione ai propri limiti, derivavano dalla diversità delle mete.

Anziché chiedersi come mai non si scrivono più i grandi romanzi ottocenteschi occorrerebbe – sia pure lasciando margini alla genetica – prendere atto che gli autori autentici fortunatamente non ci pensano, si muovono dentro altri orizzonti, sono attratti da altre finalità. Cercano di essere veri e utili esprimendo qualcosa di essenziale con i mezzi di cui dispongono e in cui credono.

In questo quadro la tendenza al formato piccolo e al testo concentrato non vuole necessariamente assecondare la pigrizia e la superficialità del lettore. Nasce piuttosto da nuove modalità di lettura, da restrizioni di tempo, dal dilagare della informazione, dal bisogno di sintesi, dalle mutazioni del gusto (non sempre degenerative).

Un editore geniale e ironico rimpiangeva scherzosamente per l'editoria il tempo di guerra, quando il coprifuoco obbligava la gente a riparare in casa al tramonto e nessun libro rimaneva invenduto. Il miracolo della lettura nell'Unione Sovietica, con il coprifuoco della dittatura, non è continuato nella Russia d'oggi, con l'impiego più diversificato del tempo libero. Oggi da noi neanche il coprifuoco distoglierebbe lo spettatore satellitare dai suoi mille canali. E direi che la riduzione del tempo agisce purtroppo, benché non lo ammettano, anche sui lettori cosiddetti forti, ma comprensibilmente deboli di fronte a tante tentazioni alternative.

Non vorrei essere frainteso, come si dice inutilmente in Italia. Non ho niente contro il grande libro ostracizzato da Callimaco, anzi spesso sono attirato, nei saggi, proprio dalla mole delle pagine e delle note. Non dimentichiamo poi che molti best seller spiccano, se non per grandezza, almeno per grossezza; e che molte innovazioni scelgono strade che non coincidono con le autostrade del pubblico e che hanno nomi particolari: deviazioni, inversioni di rotta, controstrade.

Non stavo facendo l'elogio del mercato, è una opzione che lascio ai venditori più inetti, sempre pronti ad accudirlo nei suoi difetti e raramente a orientarlo nelle sue qualità. Sto parlando di un altro punto: di una tendenza editoriale e letteraria che, sia pure con le sue scorie e i suoi detriti, non è estranea alla corrente della nostra vita e quindi alla nostra cultura. Si può vederla come una degradazione dell'epoca o considerarla un condizionamento da volgere in positivo. Non è facile, ma può essere una opportunità da cogliere.

La brevità cui accennavo ironicamente all'inizio viene intesa comunemente come amputazione, riduzione, scorciatoia. Ma la *brevitas* è risorsa espressiva di incommensurabile potenza.

Scelte antitetiche possono dare esiti altrettanto forti. Però la sfida, se le parole diminuiscono, è dire di più. E forse riserverà più sorprese che difendere a oltranza, come spesso accade, i limiti di un io loquace e troppo innamorato di sé.

✧

Sinonimi e gemelli – Non ho mai creduto alla esistenza dei sinonimi, né alla uguaglianza dei gemelli. È apparente, anche nei monozigoti. Ci sarà all'origine, ma noi li conosciamo dopo nove mesi e la convivenza ha già provveduto ad allontanarli.

Tra abitazione, casa, domicilio, dimora, appartamento, residenza ci sono differenze significative non solo di reddito, ma di educazione, di ambiente, di cultura. Solo una mente rozza può pensare siano uguali.

A proposito, se scrivendo chiedete a una persona di passaggio quale tra due parole preferisce e lei risponde "È lo stesso", cancellatela per l'eternità dall'albo dei lettori, nonché, a maggior ragione, degli scrittori. Le manca una capacità essenziale, quella di percepire nelle parole non solo i suoni, ma gli ultrasuoni, come i cani da caccia che rispondono a richiami apparentemente silenziosi.

La *faccia*, popolaresca e rubiconda, quotidiana e familiare, si trasforma in *viso* in occasioni particolari – tra cui la visita all'estetista e la visita alla salma. Ma tra *viso* e *volto* le differenze diventano quasi impercettibili, sono tutti e due garbati, seri, composti, educati, eleganti, istruiti, inappuntabili. Però la *i* è sottile e la *o* grave (anche di peso). Quando facevo esperimenti in aula con le parole cosiddette irrazionali, chiedevo a chi mi ascoltava se io ero Pik o Pok. Nessuno, nonostante le mie speranze, ha mai detto Pik.

Sulla inesistenza dei sinonimi una messa a punto preziosa quanto capziosa la dobbiamo a Jules Renard, asceta dello stile, stilita della perfezione:

"Non c'è che una sola parola e il buon scrittore la conosce."

✧

Sinonimi e gesti – Al tema dei sinonimi dà un contributo sorprendente un libro originale, *Dal gesto al pensiero. Il linguaggio del corpo alle frontiere della mente*. L'hanno scritto nel 1998 Pier Luigi Amietta e Silvia Magnani e l'ha pubblicato Franco Angeli, con un saggio di Silvio Ceccato e una prefazione di Donata Fabbri.

Gli autori hanno sottoposto coppie di sinonimi (come restare-rimanere, tornare-ritornare, finire-terminare) alla rielaborazione mimica di giovani allievi del Piccolo Teatro di Milano. E poi hanno investigato le loro reazioni, sensazioni, interpretazioni. Si spalancano distanze millimetriche quanto decisive, imprevedibili quanto visualizzabili. Parole considerate convergenti evocano mondi inaspettatamente diversi per contenuti emotivi, etici e intellettuali.

Questa interrogazione capillare della gestualità è solo un capitolo di un percorso paradossale, che muove – anziché dal pensiero al gesto, come ci aspetteremmo – nella direzione contraria. Così gli autori scoprono, anziché le radici verbali dei comportamenti, le radici corporee del linguaggio verbale.

L'atteggiamento epico e l'atteggiamento eroico, quello sacro e quello mistico, quello drammatico e quello tragico, e infine l'atteggiamento comico nella varietà dei suoi generi vengono interpretati secondo quella gestualità che può sì accompagnare le parole, ma anche precederle. La singolarità del libro è nell'avere capovolto il tracciato per affermare non il primato di una direzione, ma la necessità di seguirle tutte e due.

Le potenzialità espressive e soprattutto *cognitive* del gesto ne ricevono una nuova luce. E capire la comunicazione gestuale diventa così addentrarsi nella fisicità del nostro universo interiore.

✧

Fallo di carta – Avevo conosciuto molti anni fa un giovane libraio antiquario, piuttosto rozzo, ma dotato di un fiuto volpino negli affari. A poco a poco ha fatto, come si dice, carriera, ottenendo, se non credibilità, ricchezza. I prezzi dei suoi libri sono saliti in parallelo con l'ascesa del loro venditore (alcuni lo ritengono un diritto, come l'onorario gonfiato dei consulti).

L'ho rivisto a una mostra del libro. Seduto dietro a una scrivania immensa, le braccia allargate fino ad afferrarne i bordi istoriati, indossava una divisa blu con alamari dorati e non si capiva se fosse un domatore di circo o un capitano di lungo corso sul ponte della sua nave. Salutava gli ospiti senza alzarsi, come mai avrebbe fatto un ufficiale. Ma occorre aggiungere che si sentiva a casa sua e che si comportava di conseguenza.

I suoi cataloghi, sotto l'alibi della tecnicità, sono sempre più fioriti di locuzioni ricercate: affettazione ricorrente in certi librai cui non basta essere antiquari, vogliono essere arcaici (che distanza dalla sobrietà, sorniona e sapiente, dei migliori!).

Leggo sull'ultimo la segnalazione di un "fallo di carta" che non lede comunque il testo. E vedo l'antiquario rapito nell'empireo del linguaggio e del prestigio.

✧

Del furore di avere libri e di accumularli – Alla passione per i libri sono stati dati nomi iperbolici e appellativi provocatori. La gloriosa *Encyclopédie*, a metà del Settecento, propone una perifrasi sapiente, dove la perizia etimologica si fonde con una lungimiranza innegabile. La bibliomania viene infatti definita, dalla Ragione assisa sulla cattedra che già era stata della Religione:

"Furore di avere libri e di accumularli."

La *mania* greca viene correttamente tradotta con il *furor* latino. Ma al delirio di possedere libri l'autore della voce, D'Alembert, aggiunge un verbo illuminante nella sua precisione: "e di accumularli". Come mai questa coordinata all'infinito, che scardina la staticità del possesso e gli imprime una spinta ascensionale? Perché – si potrebbe rispondere – qui si occulta la chiave di volta della bibliomania che, anziché sorreggere, fa crollare la sua costruzione razionalistica: il miraggio di un accrescimento interminabile, di una scala aerea che sale alla Biblioteca Paradiso, quella che sognava Bachelard per l'aldilà dei bibliofili, proiezione finalmente appagata di un aldiquà insaziabile.

C'è qualcosa però di più folle della bibliomania ovvero della follia di avere libri: ed è la follia di non averne.

Questo mistero è ancora più insondabile. Nessun oggetto – per usare un termine prediletto nel mondo contemporaneo – è perfetto come il libro, che è insieme effetto e causa di tante esperienze: viaggi, avventure, fantasie, desideri, pensieri, storie, personaggi, mondi.

Nessuno vuole negare ad altri mezzi il potere di offrire informazioni preziose e talora insostituibili. Ma c'è una cosa che l'informazione non può sostituire: la formazione. E la formazione, cioè un processo senza fine di arricchimento e di piacere, passa per i libri.

Perciò la domanda che vorrei porre è questa. Chi è il folle? Chi brama di possedere sempre più libri o chi ne tiene la casa vuota come la propria testa?

✧

Biblioteche in fiamme – Il destino ultimo delle biblioteche, tranne quella che Bachelard colloca in Paradiso, è sempre stato il fuoco.

Quando ne viene minacciata la Biblioteca di Alessandria, il Cesare di G.B. Shaw, citato da Borges nel *Culto dei libri*, risponde: "Lasciala bruciare. È una memoria di infamie". Lo stesso Borges, in un altro racconto dedicato al primo Imperatore della Cina, distruttore di tutti i libri ed edificatore della Grande

Muraglia, afferma: "Bruciare i libri ed erigere fortificazioni è compito comune dei principi". Il protagonista di *Auto da fé* di Canetti compirà entrambe le operazioni nella sua casa. Il rogo dei libri vorrebbe significare la cancellazione del passato e l'inizio di una nuova era. Sappiamo invece, per esperienza secolare, che significa il ritorno dei mostri del passato e la cancellazione del futuro.

La nemesi oscura, anzi fiammeggiante, delle biblioteche – incubo retrospettivo e attuale di ogni bibliofilo – colpisce anche Theodor Mommsen, quando alla storia, al diritto e alle iscrizioni di Roma ha già eretto le opere più grandiose della propria vita. Lo scopro in un numero dell'"Esopo", rivista trimestrale di bibliofilia diretta da Mario Scognamiglio e pubblicata dalle Edizioni Rovello di Milano. Oliviero Diliberto vi ripercorre le vicende della "biblioteca stregata" di Mommsen, a cui l'opera stessa del proprietario darà alla fine il contributo non minuscolo di 40.000 pagine. Siamo nel 1880. A sessantatré anni, "il massimo studioso vivente di storia antica" si rivela "improvvido maneggiatore di un lume a candela" e appicca un fuoco che si estende a gran parte dei volumi. Il colpo, durissimo, sembra fargli perdere la forza di continuare. Viene aperta una sottoscrizione internazionale per il riacquisto dei volumi e moltissimi sono gli studiosi che gli donano i propri.

A fatica Mommsen riprende la sua attività. Ma nel gennaio del 1903, entrando nella biblioteca, commette nuovamente una imprudenza analoga e questa volta appicca il fuoco alla propria capigliatura, che porta lunghissima. Minimi i danni ai libri, lambiti dalle fiamme, ma gravi le ustioni riportate dallo studioso che, nel novembre dello stesso anno, muore.

Io non sono un collezionista di coincidenze, anche se raccontare significa impigliarsi nella loro rete. Ma mi chiedo: è casuale che il rogo della biblioteca sia opera del suo artefice? E che il suicidio indiretto del suo artefice sia ancora opera del fuoco?

✧

"Lei legge un libro all'anno?" – Suona il citofono. Una voce di ragazza chiede:

«Mi può aprire? È un'inchiesta sulla lettura.»

«Venga, primo piano.»

Apro la porta sulla scala semibuia. La ragazza, bionda, con i jeans, attraente, è già sul pianerottolo. Appoggia una scheda su una cartella rigida.

«Non vuole entrare?» le chiedo.

«No, facciamo qui» mi risponde lei, svelta. «Ci sbrighiamo subito.»

Deve avermi scambiato per un metalmeccanico in pensione. Quando lavoro in casa indosso la tuta e il fisico non è di quelli che si definiscono emaciati. Allargo le braccia:

«Come vuole.»

«Lei legge un libro all'anno?»

«Sì» annuisco.

«Regalato o acquistato?» chiede lei, pronta a segnare una crocetta sulla scheda.

Non so che cosa rispondere. È una di quelle domande che un logico sceglierebbe per mettere in crisi un sistema. Regalato o acquistato? Lei non mi concede alternative, deve segnare una crocetta.

«Facciamo regalato» taglia corto.

Punta la penna sulla domanda successiva:

«Ne legge almeno sei?»

«Sì» annuisco.

«Regalati o acquistati?»

«Tutte e due le cose.»

Questa volta esita lei. Ignoro come siano fatti questi formulari. Devono seguire una logica binaria, che non prevede una terza via. Un po' poco per la segnaletica della mente.

«Facciamo acquistati» mi concede.

È un po' sorpresa. Passa alla domanda successiva:

«Ne acquista più di sei?»

«Sì» annuisco.

«Quanti?»

«Non lo so» esito. «Mi lasci pensare.»

«Ci deve pensare?» si mette a ridere.

«Certo» rifletto. «Diciamo almeno cento.»

«Che cosa?» grida lei incredula. «In un anno?»

«No» le rispondo calmo. «In un mese.»

Mi guarda sbalordita. Non sa se fidarsi o no. Chiede:

«Mi fa entrare?»

«Gliel'avevo detto», mi scosto per lasciarla passare.

Lei si aggira trasecolata: libri in anticamera, libri in sala, libri in corridoio, libri per terra, libri aerei.

Avanza nello studio presa dal panico:

«Ma quanti libri ha?»

«Non lo so, ho affittato al piano di sotto un appartamento come questo, per i libri.»

Lei si porta la mano al viso. Cerco di rassicurarla:

«È una pazzia, me ne rendo conto. In passato ho fatto molti debiti.»

Aggiungo:

«I libri sono su due file, secondo un metodo che ho escogitato io.»

«E cioè?»

«Davanti il primo tomo di un'opera e dietro, di piatto, i successivi. Così si sa quali sono i libri nascosti.»

«Non ho capito, ma non fa niente» sospira.

Si guarda intorno mesta:

«Allora è inutile che le faccia altre domande.»

«Perché?»

«Perché l'inchiesta è un pretesto. Io vendo libri per un Club e lei li avrà già tutti.»

«No, tutti no.»

Mi chiede:

«Posso sedermi?»

«Certo!», le porgo una sedia.

Si sta riprendendo. Osserva sgomenta le librerie:

«Ma lei che cosa fa nella vita?»

Non so se è una domanda o un rimprovero. Le dico:

«Leggo, come vede. E scrivo.»

«E come si chiama, mi scusi?»

«Pontiggia.»
«Pontiggia?» tenta di ricordare. «Eppure io l'ho già sentito, questo nome!»
Il viso le si illumina:
«Ma è nel mio Club!»
Rovista nelle sue carte, estrae il catalogo, cerca il nome:
«Eccolo!»
È sempre più sorpresa. Chiede:
«Lei scrive qui?»
«Di solito sì» le rispondo.
Getta una occhiata ai libri dietro ai vetri:
«Sa che non ne ho mai visti tanti? Di solito le case dove vado non ne hanno. Questa mi fa paura!»
«Eppure dovremmo essere sulla stessa barca» le dico.
«Infatti» annuisce lei.
Non capisco che cosa voglia confermare con questa parola, ma intanto la accompagno in anticamera. Sulla porta si riprende. Sorride:
«Sa che cosa le dico? Questa sera lo racconto alle mie amiche!»

✧

L'utile della letteratura – Molti pensatori invecchiando (certi anche prima) diventano petulanti. Il successo dei loro libri li conforta in una convinzione temibile, di saper pensare. Tanto più pericolosa perché vera. Sanno costruire discorsi graziosi e intelligenti su un numero impressionante di temi. Lo scrivere non è più creare qualcosa, ma esercitare una attività. Importante diventa non ciò che si fa, ma il fare. I risultati lo confermano. Niente di più scorrevole e di più labile, cioè di scorrevole per sempre.

Quando faccio gli spogli della mia biblioteca (tra angoscia e sollievo), me ne libero. Li avevo acquistati perché, sfogliandoli, mi erano parsi intelligenti. E lo sono. Una soddisfazione per loro. Ma per me?

Io mi aspetto qualcosa di utile da un autore: non una prova della sua bravura, ma un frutto di cui possa appropriarmi, facendolo mio. Che l'autore superi i test della competenza è cosa buona, ma purtroppo non basta. Che un agente di Borsa sappia fare i conti è indispensabile, vorrei però fossero in attivo non solo per lui, ma per me.

Io temo che occorra rivalutare la categoria dell'utile, intendo l'utile del lettore. Quante volte l'abbiamo disprezzata, vittime di un idealismo che ha introdotto troppe maiuscole nella nostra mente, anzi nel nostro Spirito. E solidali con gli artisti che nell'ultimo secolo sono stati ignorati o perseguitati perché non facevano l'utile delle ideologie e delle dittature dominanti, di destra o di sinistra, e non ne confermavano i dogmi, anzi spesso li smentivano.

L'accusa era di essere fuori o contro la Storia. La proscrizione non si limitava a una vita, durava per l'eternità e proprio in nome della Storia. E ora la Storia sta dimenticando i proscrittori, che non è beffa da poco.

Che le avanguardie proclamassero l'inutilità dell'arte, dopo millenni di asservimenti e di equivoci, è stato utile. Ma ora è tempo di ricuperare l'utile del lettore. Machiavelli, iniziando l'opera più rivoluzionaria nella storia del pensiero politico, aveva affermato che voleva "scrivere cosa utile a chi la intende". Non è un progetto ancora rivoluzionario, se ci guardiamo intorno?

L'utile del lettore e l'utile dell'artista idealmente convergono. Ma perché l'intersezione sia feconda occorre che l'artista abbia ambizione, pazienza, generosità, fantasia e una strana tendenza a dire più cose contemporaneamente, appagando i sensi della nostra mente. Sì, la mente ha sensi molteplici, più numerosi e capillari che quelli del corpo. Quanti sensi appaga la prosa del *Principe*? E quanti registri mobilita Machiavelli, da quello beffardo a quello ilare, da quello percussivo e martellante dell'avvio a quello largo e polifonico della chiusa? Non intensifica forse il piacere del testo mescolando, secondo la precettistica classica, l'utile al dolce, *utile dulci*?

Non stupisce che, dopo cinque secoli, il *Principe* sia il classico più letto nel mondo da chi abbia interesse per la letteratura e per la politica. Contiene qualche idea originale, sospetto. Ma l'ha incarnata in una prosa inventiva ed estrosa che ne ha centuplicato l'energia e l'efficacia. Forse pensare all'utile del lettore, come Machiavelli si propone, gli ha dato una mano.

Ho l'impressione che i libri di cui mi libero ci pensino un po' meno. Mi ricordano quei seduttori euforici che, innamorati di sé più che della donna che corteggiano, vorrebbero farla partecipe di questo entusiasmo. Ma le donne, come gli uomini, tendono a condividere solo l'entusiasmo che gli altri provano per loro. E gli esibizionisti finiscono per conquistare solo se stessi.

I grandi narcisisti della letteratura sono in realtà insonni lavoratori, che circuiscono il lettore fino alla estenuazione. Vogliono farne un proselito e sfortunatamente ci riescono. Ma quanta dedizione, quanti sacrifici! Quando mai accetteremo con simpatia l'immagine di D'Annunzio come di un devoto, tra zelante e visionario, della Seduzione e della Gloria?

E quanto costa meno, al confronto, il narcisismo del saggismo turistico! Quando bordeggia lungo i grandi temi, prima di trovare un porto ben riparato in cui ormeggiare per il weekend.

Sono pochi gli scrittori che reggono alla prova dell'utile. E troppi quelli che non reggono. Liberiamo gli scaffali da questi ultimi. Sostituirli, anche se in parte, arricchirà la biblioteca.

✧

Il cane e la tartaruga – Di fronte a certi libri, mi comporto come un cane di fronte a una tartaruga. La annusa, la rovescia sul dorso, la sospinge con il muso, le addenta il guscio, molla la presa, le gira intorno, si allontana.

Questi libri non li tengo più nella mia biblioteca.

✧

Pindaro – Che cosa ha di attuale? Niente, fortunatamente.

✧

L'utile del lettore – Negli anni preistorici in cui lavoravo in una banca un funzionario incarnava per me il lettore ideale: era esigente, impaziente, implacabile. Se volevo un riscontro attendibile, la sua inflessibilità di giudice era più preziosa che ogni indulgenza di complice.

Gli mostravo la tesi, cui stavo lavorando, sulla tecnica narrativa di Svevo e le sue obiezioni avevano ogni volta un fondamento. Mancava di una preparazione specifica, ma sopperiva con la concentrazione, l'intuito e una aspettativa forte nei confronti del testo, che si traduceva spesso in una simmetrica e giustificata insofferenza.

Eccelleva, più che nella apertura di fidi bancari, nella chiusura di crediti alle futilità letterarie. Quanti invece che si dedicano alla critica non darebbero il meglio di sé nella contabilità di un contenzioso o nella gestione di un fondo?

Una volta gli avevo chiesto il parere su un elzeviro. L'autore si occupava di un libro di cui non voleva, suo malgrado, parlare male. Io avevo ammirato la bravura consumata con cui aveva riempito due colonne senza dire niente.

Gli avevo chiesto:

«L'hai letto?»

«Solo la prima metà» mi aveva risposto. «Poi ho smesso.»

«Perché?»

«Non diceva niente.»

✧

Assaggiatori di libri – Vorrei, ancora a proposito del lettore, accennare a una deformazione professionale da cui sono afflitti i lettori di professione, ovvero quasi tutti i letterati, costretti a leggere un numero di libri sovrannaturale rispetto al tempo (e allo spazio mentale) disponibile: la lettura si limita spesso a un "accertamento di qualità".

Non è questione di lettura parziale o integrale, è la lettura in se stessa a cambiare, perché cambia la sua finalità: che non è più una appropriazione, ma un giudizio. Il lettore si trasforma in un assaggiatore, che deve pronunciarsi sulle qualità gustative e organolettiche di un vino. Il giudizio può essere attendibile, ma *bere* è un'altra cosa. Eppure l'esperienza dell'assaggiatore e quella del commensale vengono oggi confuse.

Tre anni fa un ristorante di antica e solida tradizione regionale si è convertito ai fasti, o per meglio dire alle ascesi, della Nuova Cucina. E ai piatti robusti e tonificanti di una volta ha sostituito composizioni cromatiche che aspirano ai cieli dell'estetica.

Dopo un piatto in cui un gambero a mezzaluna, in un disco vitreo e gelido, si protendeva desolato verso tre spicchi di carota, il cameriere si era curvato per sussurrarmi: «Vuole assaggiare altri piatti?». «Vede» gli avevo sussurrato a mia volta, «assaggiare è compito del cuoco. Io desidererei mangiare.»

✧

Astemi alla Festa del libro – Per la Festa del libro non mancano preziose messe a punto. C'è lo snob che separa, con aria insofferente, l'oceano dei libri dall'atollo dei migliori (gli siamo grati della distinzione). E c'è l'inventivo che non nega l'utilità della iniziativa, ma aggiunge che dovrebbero essercene di più (non sbaglia mai, anche perché non le precisa).

C'è però qualcosa di malinconico che differenzia la Festa del libro dalla Festa, ad esempio, del vino: ed è che a quest'ultima non vengono invitati gli astemi. Invece le strategie di editori e librai sono soprattutto rivolte ad attirare l'essere più scostante, indesiderabile e deludente che gli innamorati della lettura possano immaginare: il non-lettore.

Questo essere non ha mai incontrato un libro che abbia cambiato la sua vita, rivelandolo a se stesso. Né ha provato i piaceri della ricerca, le soste ristoratrici che offre al viaggiatore, l'emozione di scoprire nuove tracce: non importa che alla fine non conducano alla meta sognata, al Libro di tutti i libri, alla chiave dell'Enigma. Hanno nel frattempo alimentato le illusioni vitali, riempiendo di mondi fantastici la sorgente di ogni realtà: la mente.

Il non-lettore ignora questi percorsi, non vive il desiderio della lettura come decifrazione del mondo. L'augurio è che alla Festa del libro qualche astèmio, alzando il calice controluce, scopra di non esserlo.

✧

Darwin nel suo orto – Sui piaceri della lettura l'interrogativo ricorrente è: quali sono? La domanda più stupefacente che si possa fare. È come chiedere il piacere di un calice di bianco in un tramonto d'estate, sotto un pergolato, con la donna che ami. Ma ci sono gli astemi. Appunto!

Sono abbonato al "Cefalopodo", nuova serie del "Piccolo Hans", e nel numero tre mi imbatto nell'ultimo saggio di Charles Darwin, *La formazione del ter-*

riccio vegetale, tradotto da Milli Graffi. Pubblicato a Londra nel 1881, è dedicato interamente ai vermi. C'è argomento più basso, più umile nel senso originario di aderente alla terra, all'*humus*? Eppure è una sorpresa emozionante. Leggo l'indice del primo capitolo e non so se sia una mappa immaginaria di Swift o un paragrafo del trattato di von Clausewitz *Sulla guerra* o un viaggio tra i mostri delle leggende metropolitane del Nordamerica:

"*Abitudini dei vermi*: Natura dei luoghi abitati – Possono vivere a lungo sott'acqua – Notturni – Vagano di notte – Spesso stanno vicini all'imboccatura delle gallerie e vengono così uccisi in massa dagli uccelli – Struttura – Sono privi di occhi, ma sono in grado di distinguere la luce dal buio."

L'indice del secondo capitolo sembra seguire la passeggiata solitaria di un Kafka che esca dalla biblioteca della Royal Society con i *Ricordi entomologici* di Henri Fabre sottobraccio:

"Come i vermi afferrano gli oggetti – Loro potere di suzione – L'istinto di tappare l'apertura delle gallerie – Sassolini ammucchiati sopra le gallerie – I vantaggi che ne derivano – Intelligenza mostrata dai vermi nel modo di tappare le gallerie – Vari tipi di foglie e altri oggetti usati a questo scopo – Triangoli di carta – Modi di scavare le gallerie, spingendo da parte la terra e ingerendola."

E poi, in un crescendo rovinoso:

"Il crollo delle vecchie gallerie – Distribuzione dei vermi – Deiezioni a forma di torre nel Bengala

– Deiezioni gigantesche sui monti Nilgiri – Deiezioni espulse nel mondo."

Passiamo da queste eruzioni apocalittiche al *Ruolo giocato dai vermi nell'interramento di edifici antichi*, un capitolo che potrebbe aprire gli *Annali postumi del Circolo Pickwick* se non appartenesse a un'opera di eccezionale valore scientifico, che gli inglesi ritengono la più importante di Darwin, dopo *L'origine della specie*:

"L'interramento di una villa romana ad Abinger – I pavimenti e le mura penetrati dai vermi – L'abbassamento di un pavimento moderno – Il pavimento interrato dell'Abbazia di Beaulieu – Ville romane a Chedworth e Brading – La rovina della città romana di Silchester – La natura dei resti che coprono le rovine – La penetrazione dei vermi nei pavimenti con mosaico a scacchiera e nelle mura – Sprofondamento dei pavimenti."

Quale simulazione al computer ci potrebbe dare una idea così visiva dei movimenti tellurici provocati dai vermi?

Il titolo del capitolo successivo fa irrompere nella nostra vita quei milioni di anni geologici che allontanano per pochi secondi le preoccupazioni più immediate:

"L'azione dei vermi nell'erosione della terra."

La conclusione è di una epicità grandiosa e solenne, che ricorda l'oceano di Moby Dick con i relitti del naufragio. Melville diceva che ogni animale poteva ispirare una narrazione, ma che per parte sua preferiva una balena piuttosto che una pulce. Chissà come avrebbe reagito di fronte ai vermi di Darwin:

"Riassunto del ruolo giocato dai vermi nella storia del mondo – Loro intervento nella disgregazione delle rocce – Nella erosione della terra."

L'ultimo paragrafo ci richiama a qualcosa di più vicino all'uomo:

"Facoltà mentali dei vermi."

Questo l'indice. Quanto allo stile, ci schiude quella luminosa, pacata, indefettibile precisione che è il dono più prezioso fatto dalla scienza all'arte della prosa:

"In Inghilterra, i lombrichi sono numerosi in molte località. Sui pascoli demaniali e sulle colline gessose, dove il terreno è povero e l'erba cresce corta e sottile..."

Ma non voglio anticipare al lettore l'ariosità di queste colline liriche, di questi paesaggi naturalistici che sfocano tanti "paesaggi dell'anima" di privata soggettività. Facessi una antologia della prosa, agli scienziati riserverei un posto di primo piano.

Darwin non manca di sorrisi complici ("Quando un verme viene colpito da una luce improvvisa e scappa a rintanarsi come una lepre – per usare l'espressione di un amico..."). Ma il suo racconto della vita sulla Terra ha la stessa potenza visionaria di *Kosmos*, l'opera del più geniale geografo dell'Ottocento, Alexander von Humboldt, che la definisce "Saggio di una descrizione fisica del mondo".

Dopo la vertigine dei percorsi intorno all'uomo, questo testo è una discesa ascetica nella terra, una prova dissimulata di coraggio etico, un frutto estremo dell'amore per la conoscenza. Scritto da Darwin sei mesi prima di morire, racconta le esplorazioni di un genio nel crepuscolo del suo orto.

✧

Lettura creativa – I modi di leggere non sono meno avventurosi e sorprendenti che i modi di scrivere. E meriterebbero una investigazione curiosa, per eludere i discorsi edificanti quanto menzogneri sulla lettura.

Conosco ad esempio un poeta che, quando legge qualcosa che lo emoziona, non procede oltre. Conserverà un ricordo indelebile del punto in cui, anziché proseguire la lettura, l'ha interrotta. Io penso che la cosa abbia un senso. Non del tutto gratificante per l'autore, che si vede ancora una volta destinato (e proprio in un caso positivo) a una lettura dimidiata. Però il significato ideale è che la bellezza, come il sole (e la morte, aggiungeva La Rochefoucauld) non la si può fissare a lungo. Uno sguardo fugace, per una sensibilità particolare, può segnare il culmine.

Ho sempre guardato con uno stupore pari al sospetto i podisti delle cattedrali, i corridori delle mostre, i maratoneti dei musei, che scrutano minuziosamente ogni dettaglio ed escono con il viso fresco e appagato. Io, quando ho visitato il Prado, mi sono riservato poche sale (i fiamminghi e Goya), sacrificando secoli di pittura straordinaria. Non si tratta di razzismo estetico, ma di tenuta emotiva e di strategia delle scelte, come direbbe un consulente finanziario. Perfino un goloso deve scegliere. Possiamo ignorare la fisiologia, ma è lei che non ci dimentica.

Un modo particolare di leggere, direi d'autore, lo scopro in un libro di Giacinto Spagnoletti, uscito da Spirali e dedicato a incontri con grandi figure artistiche del Novecento, *I nostri contemporanei*. Flaiano, in una intervista alla televisione svizzera fatta due mesi prima di morire, aveva dichiarato di ammirare *Herzog* di Bellow. Lo ammirava talmente da non averne ultimato la lettura. E si era così giustificato: «Perché sentivo che era un mio libro e che se avessi avuto io questa idea l'avrei scritto, malissimo, ma l'avrei scritto io».

Pensavo, leggendo queste righe, alla idea peregrina, ma sempre ricorrente, di delegare ai lettori il compito di inventare il finale, scegliendolo tra opzioni diverse: e privandoli così di una delle gioie più intense, quella di essere guidati da una mano esperta, per correre invece l'avventura programmata di una creatività illusoria. E pensavo alla umiltà orgogliosa di Flaiano, che si innamora di un testo fino al punto di appropriarsene idealmente, ovvero di farlo proprio, e di volerlo finire lui, magari "malissimo": come è di ogni passione che divora, oltre a chi la prova, anche chi ne è l'oggetto.

✧

Approfondimenti – La madrina di un premio letterario aveva una volta confessato a un finalista:

«Devo dire che, *a leggerlo*, il suo libro acquista.»

✧

Autore, lettori e non-lettori – Mai chiedere a un interlocutore che cosa ha letto di tuo. "Niente" sarebbe spesso la risposta più precisa, ma crea imbarazzo sia a chi la dà sia a chi la riceve. Perciò la si sostituisce con perifrasi avventurose, del tipo "Quasi tutto", temeraria, o "L'ultimo libro", più sobria e convincente.

In qualche caso l'interlocutore l'ha letto veramente, ma, se gli è piaciuto, ha un vago senso di colpa verso quelli che non ha letto. Qualcuno lo confesserà, qualche altro – se appartiene alla categoria dei sinceri pentiti, che oscillano tra il tuffo nella verità e il risucchio della vergogna – dirà che gli altri gli sono piaciuti meno. La distinzione rafforza il consenso riservato all'ultimo.

Questa meticolosità immaginaria si acuisce negli addetti ai lavori. Quanto più numerose le opere di un autore, tanto meno le si è lette. E tanto più acquista importanza, in senso positivo o negativo, il poco che si è letto. È una legge? No, una abitudine (un grazie di cuore alle eccezioni corroboranti). Pericolosa in ambito editoriale. Favorisce le profezie. "Non scriverà più un libro come quello." Potrà scriverne di migliori e magari ne ha già scritti, ma il profeta non cambierà idea.

La bibliografia di un autore varia secondo la generazione dei lettori. Per alcuni di loro comincia al dodicesimo libro, quando l'autore ha sessantadue anni. Per altri, i più anziani, comincia con il libro d'esordio (che è giusto), ma finisce con questo (che è un po' meno giusto), anche se dopo ne ha scritti quindici. Moravia per molti è autore di un solo libro, *Gli indifferenti*. Ne ha scritti altri, forse meno belli, alcuni però importanti. È il modo più agile di stroncarli senza leggerli.

I risvolti sono la fossa che un autore si scava per esservi seppellito da chi non leggerà altro: a volte rimane stupito della somiglianza dei giudizi, perché dimentica di esserne lui la fonte. Presto si accorgerà di non stare a proprio agio nella bara, ma sarà comprensibilmente troppo tardi.

Comunque, qualunque risvolto avesse scritto, sarebbe stato parziale se non fuorviante. Per fortuna c'è chi legge l'opera per intero e ne discute magari la presentazione, anche se non vorrei incoraggiare la polemica dei critici più aggressivi.

Firmare un articolo può comportare conseguenze di lunga durata. Spesso l'articolo si trasforma magicamente nella produzione di una vita e ne diventa così una promozione o una condanna. Di quanti autori si è letto solo quello che è capitato (qualche riga)?

In altri casi il giudizio sulla scrittura la ignora, passando per vie più rapide e più agevoli: dalla fotografia a colori al colore politico, dall'età anagrafica (per questo molti autori la sopprimono) alla regione d'origine, da un collegamento per radio a una apparizione in televisione.

Non si può leggere tutto. Sarebbe, più che un piacere, una tragedia. Quando Mallarmé, in una poesia piena di forza stremata, dichiara di avere letto tutti i libri, allude forse a una abdicazione motivata.

Si sa d'altra parte che gli esperti captano segnali minimi, indizi capillari, nessi invisibili, ottenendone una sintesi simile a quella che ricaverebbero da una analisi al microscopio.

Non l'ho letto e non mi piace, ha detto una volta un genio. Peccato che lo stiano imitando in troppi, che geni non sono. Lo spicchio dei lettori cede così spazio a una folla di aruspici, maghi, indovini, rabdomanti, sensitivi. Chiedere che cosa hanno letto di un autore potrebbe apparire una provocazione. Non hanno letto quanto bastava.

«Meravigliosa la sua descrizione della Versilia!» mi ha detto qualche anno fa una signora a una festa. Non l'ho mai dimenticata, anche perché non ho mai descritto la Versilia. Non so quale libro avesse in mente e quale autore. Comunque, per non deluderla, l'ho ringraziata.

✧

La ricezione della letteratura – Con gli anni si acquista una visione sempre più sociologica, se non della letteratura, della sua ricezione. Non parlo di quelli che la possiedono fin dal principio e che di solito sono più esperti di sociologia che di letteratura. Parlo di quelli che credono nella potenza della lettura di trasformarsi in *presente*, attualità che ci riguarda senza mediazioni. Però hanno accumulato dubbi, perplessità e riserve sui modi in cui viene accolta dal pubblico: verso il quale coltivano una tolleranza scettica, molto lontana dalla intolleranza idealistica esibita in gioventù.

Non che abbiano dimenticato Kant e l'universalità del giudizio estetico (ma come fatico a scrivere queste parole), oggi rimosso per dare spazio a un relativismo entusiasta, che fa così comodo al mercato. E neanche hanno rinunciato al confronto con i classici, eluso sempre più disinvoltamente non per il timore che siano inattuali, ma che rendano meno attuali gli eroi dell'oggi. Però hanno visto tante mutazioni del gusto, tanti festival della stupidità, tanti conflitti di interesse mascherati di teorie e tanti, ahimè, fraintendimenti in prima persona (la loro), che alle sorprese hanno fatto l'abitudine (non c'è conquista più deludente).

Ancora capita che li sconcerti, nella disparità dei giudizi, non che si condanni un libro di valore (magari, per l'appunto, non lo si è letto), ma che si esalti uno che non ne ha. Sono due facce comunque della stessa medaglia: non al merito, ma alla sua volatilità.

Alla fine c'è chi si arrende (non si sa se coraggioso o irresponsabile, non so se sono io) a un inaccettabile paradosso: che un libro, premiato da un lettore, possa essere condannato da un altro senza che nessuno dei due si sbagli. È possibile? Nella logica strana, prospettica, caleidoscopica, contraddittoria, mutevole della letteratura, forse sì.

Per accettarlo, occorre maturare una certa esperienza: non solo dei limiti altrui, ma dei propri.

✧

Interviste lampo – «Lei si chiama Francesco Pontiggia, vero?» mi chiede, prima della intervista in diretta, il giovane della televisione locale.

«No, Giuseppe» gli rispondo. «C'è sulla copertina.»

«Sì, mi scusi.»

Aggiunge:

«Non può dirmi qualcosa sul contenuto del libro? Non ho fatto in tempo a leggerlo, mi dispiace.»

«Non importa» gli rispondo. «Può basarsi sul risvolto.»

Mi fissa con lucida resa:

«Non ho letto neanche quello, mi dispiace.»

Gli dico:

«Può leggerlo ora.»

«Non facciamo in tempo.» La voce acquista una inflessione tra supplichevole e disperata. Alza il viso verso l'orologio a muro. «La trasmissione comincia fra trenta secondi.»

«Mi faccia qualche domanda precisa» rispondo inquieto. «Quando ho scritto il libro, perché ho scelto questo titolo, che cosa avevo in mente.» Non so più quali domande farmi. «Si basi sulle mie risposte per farmi altre domande.»

«La ringrazio tanto» mi risponde. «Lei è molto gentile.»

Nell'intervista ho avuto più volte l'impressione che io parlassi di un libro e lui di un altro e che io rispondessi a domande che lui faceva a un altro. Non so quale impressione avesse lui.

«Ottimo, non le pare?» mi ha detto alla fine. «Ha notato che improvvisando riesce meglio?»

«Infatti» ho risposto alzandomi.

«Io credo all'ispirazione» ha aggiunto.

«Anch'io» ho detto.

«Mi mette la dedica sul libro? Me l'ha regalato la libraia.»

Me lo porge aperto sul frontespizio.

«Qual è il suo nome?» ho chiesto.

«No, scriva Miriam» ha risposto. «È il nome della mia ragazza. È lei che ha la passione di leggere.»

✧

L'orgoglio dell'ignoranza – Ecco un fatto nuovo.

L'estraneità ai libri, vissuta un tempo come umiliazione sociale, oltre che come discriminazione culturale, si trasforma in un vanto. "Chi non ha letto un libro negli ultimi anni?" è una domanda che una volta avrebbe messo a disagio. Oggi fanno a gara per alzare la mano. Spesso le loro facce sono un avallo, autorevole quanto convincente, delle loro scelte. Se devono spiegarsi, possono arrivare fino a tre errori in una sola frase, farfugliata con una ostinazione degna di miglior causa. Ma non è problema di istruzione. Ho sentito neolaureati giulivi, in una indagine settoriale, dichiarare con fierezza di non leggere mai nessun classico, di nessuna epoca. Una ragione in più per togliere alla laurea qualsiasi valore legale, nonché ideale.

Attribuire ogni responsabilità alla scuola rientra fra quelle semplificazioni autoritarie che appagano due tentazioni ugualmente forti: la ricerca della causa prima e la ricerca del capro espiatorio. Ora i pochi che leggono, bisogna riconoscerlo, hanno di solito contratto la malattia a scuola: per convergenza insperata con un insegnante mitologico o per disaccordo attivo con un insegnante idiota. È certo comunque che gli altri non hanno sperimentato la lettura come piacere. Il piacere vuole ripetersi. Lo constatiamo a tavola e in quell'ambito che viene definito aforisticamente "il sesso". Perciò covano verso la lettura una avversione ottusa, che si manifesta finalmente nell'età propizia, la maturità.

Oggi ci sono autori che vengono definiti "di nicchia". Forse in futuro ci sarà soltanto una nicchia e ospiterà i lettori superstiti. Ma saranno i migliori.

✧

Sulla rianimazione di un vizio – Era stato Valéry Larbaud, uno dei lettori più cupidi e golosi del Novecento, scopritore in Francia di Svevo, a definire la lettura un vizio impunito. Non so come reagirebbe oggi, nel vedere il declino di un vizio di cui era adepto orgoglioso e amministratore sapiente: e nell'assistere agli sforzi meritori per inocularlo e diffonderlo. La massima di La Rochefoucauld, che le nostre virtù sono solo vizi travestiti, viene infatti rovesciata nel suo opposto: i nostri vizi sono solo virtù travestite. Ma anche l'effetto è opposto. La maggior parte si astiene da questo vizio. Forse bisognerebbe proibire i "libri di lettura", lasciando in circolazione solo i libri-strumento, delizia dei pedagoghi. O forse bisognerebbe ricuperare la meravigliosa equanimità di quel dizionario ottocentesco che definiva il seno femminile "fonte di alimentazione e di piacere".

Larbaud, dicendo *ce vice impuni*, deprecava probabilmente che fosse considerato tanto innocuo da non provocare neanche la condanna dei moralisti, sempre in caccia di aggressioni per difendersi dalle proprie paure. Punirlo lo restituirebbe alle sue potenzialità più temibili, alle sue ambizioni smisurate.

Mi viene in mente un saggio letto anni fa di Lionel Trilling, curato da Guido Fink per la Nuova Italia e intitolato *Al di là della cultura*. Trilling osservava la digestione impassibile – nelle generazioni più giovani delle università americane – degli autori moderni più inquietanti. Gli studenti, rosati e vitaminizzati, ingerivano tutto senza reazioni né emozioni, senza nemmeno sospettare "la forza d'urto, la carica di terrore e di follia contenuta nei testi".

✧

La liquidazione dell'antichità – Tra l'impero visibile dei Romani e quello invisibile degli Stati Uniti esiste qualche differenza. Quella culturalmente più vistosa riguarda l'atteggiamento reciproco tra vincitori e vinti. Parlo, si intende, di mentalità corrente, non delle persone più preparate o delle intelligenze più acute, che non pare siano rappresentative della maggioranza.

L'America guarda l'Italia come una meta turistica e folclorica. L'Italia considera New York, più che la Grande Mela, come l'Uovo Cosmico della Nuova Cultura.

Apro una breve parentesi.

L'Italia, a detta di grandi registi americani, ha insegnato nel dopoguerra al mondo come fare un nuovo cinema. In compenso la stessa Italia appariva, nei film americani, la caricatura di sempre. Ora alcuni nostri registi non raccontano più la Sicilia, ma la caricatura che della Sicilia amano gli americani. E così sognano l'Oscar.

Gli Stati Uniti hanno, per ammissione dei loro specialisti, le scuole pubbliche (non le Università) più scadenti del pianeta; noi imitiamo, e con i debiti ritardi, le loro scelte pedagogiche. Ricordo la silenziosa catastrofe dei "gruppi di studio" (dagli effetti purtroppo differiti che stiamo scontando), adottati quando venivano superati al di là dell'Atlantico. E l'appiattimento odierno della Storia su quella Moderna e Contemporanea non fa che seguitare le stesse rotte. Solo che la Storia in certi Paesi comincia qualche secolo fa, da noi un po' prima.

I Texani hanno ogni diritto di studiare la loro Preistoria, ma noi non dovremmo comprimere – come si usa dire – la nostra civiltà nata qualche millennio prima. Invece lo facciamo con giubilo, dilapidando l'unica nostra ricchezza con la quale nessun altro Paese può competere.

Una differenza linguistica è che i Romani imparavano la lingua dei vinti, anche se li chiamavano *Graeculi*, che non era propriamente un segno di ammirazione: mentre noi non solo adottiamo la lingua dei vincitori, ma abroghiamo lo studio del greco e del latino e ci avviamo ad abrogare quello dell'italiano.

I Romani istruiti erano bilingui e perfezionavano i loro studi in Grecia, noi stiamo diventando monolingui (un ibrido italo-americano) e coltiviamo il miraggio degli States. Il problema non è di proporre l'alfabeto latino per Internet (lo usa già!), ma di non dimenticarne il significato e la storia.

Lasciamo agli abitanti di Houston l'orgoglio delle loro origini, noi occupiamoci maggiormente di quelle di Roma. Ci riguardano più da vicino. E riguardano non solo il nostro passato, ma il nostro futuro, culturale ed economico.

Mi ha colpito il racconto di un giovane laureato in Economia, reduce da due anni di pratica in una banca di New York. Aveva detto a un collega americano di provenire da Roma e l'altro gli aveva chiesto: «Rome?», alludendo a una città, non la sola, che in America ricalca questo nome. Ma quando gli aveva risposto che si trattava di Roma, Italia, aveva notato nel suo interlocutore una delusione non priva di interrogativi logistici. Né la scuola doveva averlo aiutato nel dargli qualche coordinata storica, religiosa, artistica e spaziale. Per lui Roma era "Rome". Ma deve esserlo anche per noi?

✧

Retroterra culturali – Per avere un quadro festoso e multicolore del degrado scolastico consiglierei ai responsabili (una specie estinta in Italia) di seguire qualche gioco televisivo dedicato alle parole. Di solito si tratta di decifrare non quelle di uso corrente (come stupro o racket), ma di frequenza più rara (come procrastinare o simbiosi). Oppure si tratta di indovinare figure e opere famose (come Napoleone e la Gioconda). Non si tende a selezionare i migliori, ma a rassicurare gli ultimi. Solo che la cosa diventa sempre più difficile. È questa la vera sorpresa del gioco, che sconcerta gli stessi ideatori e presentatori.

Appena si esce dalla zona del presente, soprattutto televisivo, lo smarrimento assale i giocatori.

I sette... di Roma? E chi erano? Colli? Re? Non lo so.

Romolo e... ? E chi?

La battaglia di Marengo? Boh! La battaglia di Canne? Non lo so. La battaglia di Waterloo? Che cosa? Lo sbarco in Normandia? Ah sì, il soldato Ryan. Tintoretto era un pittore o un chiaretto del Garda? Un chiaretto. No, un pittore. Ah!

Chi ha scritto il *Don Chisciotte*? Non lo so. Un capolavoro di Tolstoj: comincia per G e finisce per E. Silenzio. Il *Decamerone*? Pasolini. No, Boccaccio. Ah!

Venere e Bacco sono riconosciuti ancora grazie ai proverbi, ma Giove, che pure godeva di maggiore autorità, è sconosciuto. Ercole è sempre erculeo, Apollo bello, ma l'Olimpo dov'è? Sul monte Sinai.

Quanto al lessico, si riduce visibilmente di estensione, ritirandosi sotto i nostri occhi come una pozza nel deserto. I sinonimi sono sempre più difficili da trovare, anche perché non si sa che cosa siano. E le regole non si infrangono più, si ignorano.

Si è ormai scavato un abisso tra la penultima generazione e l'ultima. Già mostrano una insofferenza reciproca e una intolleranza tipica. Si considerano infatti indispensabili le nozioni grammaticali che si possiedono e pedanti tutte le altre. Chi deplora come una catastrofe un "Vadi pure" si adombra se gli viene corretto con "in flagrante" il suo più genuino "in fragrante".

La Nuova Scuola si avvia però a risolvere anche questo problema: perché il punto di arrivo sarà uno zoccolo non solo duro, ma ugualitario, in cui non si noteranno più divari di impreparazione.

✧

Eccezioni – La figlia di un mio amico ha otto anni e legge un numero stupefacente di libri. Li acquista, se li fa regalare, li cerca nella biblioteca della scuola e del rione.

La maestra le ha detto: «Leggi meno».

✧

Un libro per la notte – Non posso addormentarmi la sera senza prima leggere un libro. Da quanto tempo lo dico? Il libro come vademecum nel buio, come dialogo silenzioso, come riconquista di sé. Una rassicurazione, una compagnia, una evasione. Anche un modo pacificato per traghettare il sonno.

In questo periodo mi addormento senza leggere niente. Che cosa è? Un cambiamento epocale? Un segno di invecchiamento? Una sfida cinica? Un effetto di saturazione? Una prova di maturazione?

Non lo so. So che non mi dispiace. La fedeltà a se stessi! Ma anche l'infedeltà!

✧

Abbiamo sempre problemi di tempo – Chiedo a un giovane commesso di libreria, assunto da un anno, se può procurarmi un libro. Prende nota. Ripasso dopo dieci giorni. Non è ancora arrivato. Ripasso dopo altri dieci giorni. Il commesso arrossisce, scompare, ritorna. Ha una cravatta rosa con un nodo enorme sopra una camicia a scacchi. Mi guarda fisso negli occhi, con una paura impavida:

«Mi spiace, ho dimenticato di ordinarlo.»

Riesco perfino a sorridere:

«Quanto tempo ci vorrà?»

«Dieci giorni» risponde pronto.

Troppo tardi. Gemo interiormente. Non so che espressione abbia il mio viso.

Lui aggiunge:

«L'ho proprio dimenticato, potevo inventare una scusa.»

Resto in silenzio.

«Ma preferisco dire la verità.» Gli occhi esprimono orgoglio. «Sono sincero, non le pare?»

«Vede» dico a malincuore (so che per lui il discorso è finito, mentre per me comincerebbe), «il problema non è se lei è sincero.»

Mi guarda, sorpreso che non basti.

«È una qualità, però il problema è il mio libro. Dovevo leggerlo prima di scrivere l'articolo. Capisce?»

«Certo.»

«E adesso non faccio più in tempo.»

«Certo» annuisce solidale.

Poi serio, abbassando la testa:

«Abbiamo sempre problemi di tempo.»

Questo non è un apologo, è una esperienza. Svanito il miraggio della professionalità, ci si limita alla formazione di base. Intanto ci si specializza a non fare le cose più semplici. Quel giovane aveva l'insolito pregio di unire alla sincerità l'educazione. Gli mancava solo l'efficienza, ma il difetto era compensato ai suoi occhi dalle virtù morali.

Il tassista che non conosce la strada e allunga la corsa di cinquemila lire non pensa di decurtarle dal conto, pensa che dicendo «Mi scusi» le giustifichi. Se poi glielo fai notare, reagisce: «Ma com'è fiscale!». C'è chi aggiunge: «Che cosa vuole che siano per me?». «Lo stesso che per me» ho risposto una volta.

✧

Professionisti – Chiedo:
«Come lavora?»
«È molto simpatica.»
Insisto:
«Ma è competente?»
«E non si dà arie. È molto spiritosa.»
Desisto.

✧

Insegnare letteratura? – Quando insegnavo ricorrevo, per spiegare le parole *caleidoscopiche* degli scrittori, agli effetti che si possono imprimere alle palle da tennis.

Per un esordiente il problema è gettare la palla al di là della rete.

Per un dilettante il problema è gettare la palla al di là della rete e lontano dall'avversario.

Per un professionista il problema è gettare la palla al di là della rete, lontano dall'avversario e con un effetto rotatorio, in modo che, se la raggiunge, gli schizzi via.

Questi effetti hanno qualcosa di analogo alle connotazioni delle parole: sfuggono da ogni parte.

Un contributo ulteriore me l'aveva dato un alunno che faceva il portiere in un campionato di divisione inferiore.

Una volta che la sua squadra aveva allenato quella dell'Inter, lui aveva incassato 12 reti. Gli avevo chiesto, con cordoglio discreto, le cause di un simile rendimento. E lui mi aveva confessato di non avere mai incontrato palloni simili: palloni che sgusciavano dai guanti, palloni carichi di traiettorie perverse, palloni che giravano per aria e continuavano a girare alle sue spalle.

Ecco, è così che gli scrittori giocano con le parole, gli avevo spiegato. Ma l'analogia non era bastata a confortarlo.

Anche ad altri esempi, di tipo enologico, ricorrevo quando insegnavo.

Il Montepulciano, con il colorito vellutato, con il sapore robusto, adatto alla cacciagione, era il vino di quel *Mons Politianus* da cui Agnolo Ambrogini aveva derivato il nome: e forse qualche qualità della sua poesia.

L'Angiolieri invece poteva richiamare una Vernaccia asciutta e forte, il Pulci un Chianti festoso quanto vigoroso.

L'esperimento funzionava, mai gli alunni avevano seguito con tanta attenzione. Facevano grandi progressi, ma nella conoscenza dei vini.

✧

Spiegare l'arte ai turisti – I ciceroni, sappiamo, sono pericolosi. Raccontano dettagli inessenziali dei monumenti che ci mostrano e alla fine noi spesso non ricordiamo altro. Del Castello di Blois, sulla Loira, ricordo un cicerone colpito da implosioni di balbuzie, che si è letteralmente sovrapposto nella mia memoria alla invenzione geniale della scala. Di quest'ultima ricordo numerose fotografie, ma del cicerone mi perseguita il viso paonazzo.

Lo zelo con cui molti visitatori seguono nei musei le loro guide non è perché queste rivelano i segreti dell'arte, ma perché li occultano. Di solito lo fanno offrendo in cambio dati accessibili, le dimensioni del quadro, l'anno di composizione, il nome del committente, il prezzo spuntato all'ultima asta, la catena dei proprietari. Alla fine il visitatore, gremito di notizie, si sposta al quadro successivo convinto di avere capito il precedente. Del resto così è stata spiegata a molti di noi, a scuola, la storia dell'arte.

✧

"Non lo so" – Nei corsi di scrittura, il punto su cui tornavo più spesso era la precisione. La letteratura quale linguaggio definitivo per circoscrivere una materia mobile e multicolore come il "sentire".

Non penso al sentimento lirico in quella accezione crociana che lo associa – nella mia immaginazione o meglio nella mia memoria letteraria – ai tramonti lacustri o agli addii su un molo: radiando così dall'albo dei poeti i comici, i satirici e i beffardi, a meno che non siano trafitti dal raggio di luna della malinconia. Penso piuttosto al *sentire* dei Romani, in quella accezione forte che generava il convincimento dei giudici al di là di argomentazioni e prove: e che è alla base della *sententia,* in senso sia giuridico sia sapienziale.

Per contagio ho finito per amare anche la precisione non specificamente letteraria, come quella della manualistica dedicata alle costruzioni navali (con definizioni tecniche stranianti dell'acqua e delle imbarcazioni), all'arte militare, al gioco degli scacchi, alle ricette alcoliche (memorabile l'epigrafe del più grande esperto americano al proprio volume sui cocktail: "Se hai sete, bevi l'acqua"). E ne raccomando la lettura come propedeutica alla prosa. Non dimentico del resto una meravigliosa pagina di W.H. Auden, che consigliava come propedeutica alla poesia la lettura del catalogo delle navi nell'*Iliade* o delle genealogie della Bibbia.

Dopo questo preambolo arrivo subito all'epilogo, la ragazza di un corso che mi chiede, dolcemente ironica, contando soprattutto sulla sua chioma fluente: «Come mai lei, che ama la precisione, dice spesso: "Non lo so"?».

Ho sempre incoraggiato le domande che vengono considerate banali da quelli che le pongono. E non solo perché di solito sono meno banali di quelle che loro considerano più intelligenti, ma perché la banalità fa pensare.

Perché mai "Non lo so" dovrebbe essere una espressione imprecisa? – ho cercato di spiegarle. Certo non è una risposta incoraggiante, soprattutto se viene data dall'idraulico piegato sotto il lavandino o dal meccanico con la testa nel motore. Ed è anatemizzata dalla pubblicità di una enciclopedia, che mostra il genitore sgomento di fronte alla domanda: «Papà, chi erano i Galli Boi?». Il rimedio dovrebbe essere l'acquisto della enciclopedia; mentre sarebbe iniziatica per il figlio, ma soprattutto per il padre, la risposta "Non lo so".

Qui però ci avviciniamo al cuore del problema. Riconoscere la propria ignoranza dispiace. Fanno eccezione quelle persone giulive che esultano nel dichiarare di non saperne nulla (una volta erano certe donne a proposito delle armi o del fisco, ora sono certi neolaureati a proposito dei classici). Ma, a chi opera nelle attività chiamate culturali, l'ammissione costa. Ho conosciuto editori che non l'hanno mai fatta. Se viene citato un libro di cui non sanno nulla, ostentano a buon conto un ghigno di disprezzo. È se non altro una risposta. Il pericolo non è di dare asilo a uno sconosciuto, ma di ammettere limiti all'onniscienza.

Eppure non c'è niente di più preciso, di più breve e di più aperto al futuro che "Non lo so". È ancora più sapiente del "So di non sapere" socratico, che esprime pur sempre una consapevolezza orgogliosa. "Non lo so" è disarmato: e pronto ad arrendersi alla verità.

✧

La scelta dei temi – A scuola, quando davo i temi, offrivo una terna ed evitavo enunciati che suggerissero le risposte. Mi era rimasto impresso il tema di uno studente, che al dettato "Spiegare perché la conoscenza favorisce l'avvicinamento dei popoli", aveva risposto che favorisce la loro ostilità, e ne offriva esempi convincenti, attingendo anche all'ambito più circoscritto della famiglia.

Una volta, vedendo gli allievi titubanti di fronte alla terna, avevo proposto un altro tema. Erano ancora titubanti. Un quinto, stessa reazione. Un sesto, identica.

Alla fine avevo concluso che il problema, come accade nella vita, non era di scegliere, ma di evitare di farlo. In realtà non avevano voglia di fare nessun tema. E loro erano d'accordo con me.

✧

Le bibliografie globali – «Devi dare a chi ti ha preceduto quello che gli spetta.»

Non ricordo chi mi aveva detto, quando ero ragazzo, questa frase virtuosa, che può riferirsi a un numero straordinario di casi e non viene quasi mai rispettata. In quel caso si riferiva a una bibliografia.

«Solo dopo che hai letto tutto quello che gli altri hanno detto prima di te su un autore, puoi dire la tua.»

Forse era un insegnante che, con umile arroganza, mi iniziava alle delizie del metodo storicistico. O forse era un compagno di università precocemente autoritario, di quelli che si promuovono già maestri a vent'anni e ti lasciano a bocca aperta non tanto per l'ammirazione, come credono, quanto per lo sbalordimento.

Il sistema di idee che avallava quella frase non manca, come sappiamo, di importanti fondamenti: ma offre più vantaggi a chi in parte lo dimentica che a chi ne abbraccia i princìpi. Soprattutto se si tratta di critica letteraria.

Gli studenti che ne erano le vittime affrontavano, prima di dire la loro, la mole spesso immensa di quello che avevano detto gli altri. E alla fine, spossati, stremati, schiacciati, svuotati di ogni idea perché riempiti di tutte, non avevano più nulla da dire.

Solo i più resistenti, destino della specie, respiravano a pieni polmoni dopo l'apnea prolungata. Gli altri, passando per troppi alambicchi, vedevano la propria essenza volatilizzata, la propria originalità essiccata. Forse non era mai esistita, ma l'approccio non era fatto per snidarla.

Il metodo decimava l'esercito degli apprendisti. I sopravvissuti avevano comunque appreso, insieme all'arte di approntare una bibliografia, anche quella di citarne le voci senza leggerle. È una dote, tra divinatoria e selettiva, che oggi su scala più grande diventa indispensabile con l'incremento della critica universale.

Nessuno specialista può leggere, se non per via indiretta, ciò che di significativo esce, in tutto il mondo, su un autore di rilievo. Per uno dei più grandi, Agostino, lo spoglio oscilla tra la vertigine e il panico. Giuliano Vigini gli ha dedicato nel 1995 un volume specifico, pubblicato dalla Editrice Bibliografica. Qui apprendiamo che su Agostino, nel triennio precedente, erano usciti non meno di 1.100 titoli (cifra approssimata per difetto) ovvero più di un libro al giorno. Il criterio adottato nel volume non poteva essere che di orientamento e di selezione.

La globalizzazione erudita pone problemi nuovi di responsabilità critica. E nuovi interrogativi, tra visionari e pragmatici, sulla sua destinazione, il suo valore, il suo senso per noi.

✧

L'utile della recensione – Un tempo era la scappatoia dei critici letterari. Per non parlare male di un romanzo raccontavano la trama, la chiosavano con moralità umorali o con divagazioni metafisiche e non si pronunciavano sulla qualità e sullo stile, come fossero aspetti privi di importanza (oggi è anche la convinzione di molti autori). Alla fine il lettore si chiedeva (e si chiede): ma il romanzo gli è piaciuto?

Questa elusività critica, ondeggiante tra la concentrazione simulata e la distrazione finta, si sta estendendo alla saggistica, alla storia, a tutte le discipline.

Esce una nuova biografia di Giulio Cesare? Ecco il recensore avventurarsi nella crisi della Repubblica e nei modelli delle monarchie ellenistiche, temi che richiederebbero saggi anziché poche righe allarmate. In compenso non ci dice qual è la novità della biografia, quale il suo valore, il suo taglio, il suo linguaggio, quali gli aspetti più attraenti o più deludenti.

Alla fine il lettore ha ingerito un condensato

aleatorio di postille sulla cornice storica del personaggio. Non capisce neanche se coincidano con quelle del biografo o siano opinioni private del recensore, che approfitta di un podio insperato per comunicarci le sue idee concitate sulla rivoluzione romana: o, più in generale, quelle quattro chiacchiere sull'universo che pochi hanno l'accortezza di riservare agli intimi. Soprattutto non capisce se valga la pena di leggere il libro. Eppure la recensione dovrebbe essere scritta per lui. Non è il caso di scomodare l'estetica, basta l'etica del giornale.

Esce una nuova storia della tecnologia? Ecco il recensore descriverci l'australopiteco mentre infila una canna dentro l'altra per far cadere il frutto dall'albero (è stato per decenni il simbolo della superiorità dell'uomo sugli altri primati, poi si è scoperto che non solo lo facevano anche loro, ma che lo insegnavano alla prole). Ma quali siano le acquisizioni di questa storia, le prospettive nuove che introduce, il modello di prosa (concettuale, narrativa, divulgativa, tecnicistica), questo non ce lo dice. Forse parlarne costa qualche fatica: la stessa che costa al lettore leggere chi vi si sottrae.

Io capisco che non si abbia voglia di giudicare un romanzo. Una volta di un libro di storia si diceva – con una euforia comunque azzardata – "si legge come un romanzo", ma oggi un romanzo non sempre si sa come leggerlo e come valutarlo. Si spiega perciò come il recensore si censuri e limiti con una riduzione strana il suo campo visivo. Ma che il vizio si stia estendendo ai recensori di altre discipline, questo è eccessivo e rischia di diminuire nell'informazione i cosiddetti spazi culturali. Se l'invito a una utilità ideale vale per gli scrittori, non vedo come i recensori possano esserne esentati.

✧

Critica taoista – Qualche modesto invito al non-agire taoista, anche nell'ambito della società letteraria.

Se vuoi elogiare qualcuno, non sei obbligato a denigrare gli altri.

Lo so che vorresti distinguerti per la inappellabilità dei giudizi, ma, nell'epoca della pubblicità, è diventato costume. Meglio distinguersi per il contrario.

Se sei un editore che riscopre un autore poco frequentato, non dire che nessuno l'aveva capito. Ci sono molti nessuno, nella tomba o in circolazione, che avrebbero qualche diritto di risentirsi.

Se vuoi sottolineare i meriti di un esordiente, non isolarlo sullo sfondo di un deserto. L'hai già fatto probabilmente con altri, che potrebbero a questo punto dubitare di una esclusiva così partecipata, di una solitudine così popolosa.

Se vuoi gratificare chi ha apprezzato un tuo testo, non dirgli che è stato l'unico. Potresti insinuargli qualche dubbio, su di sé, su di te e sul tuo testo.

Se vuoi rendere memorabile il tuo giudizio, non rifare ogni volta il canone del Novecento. Nessuno te lo chiede e nessuno, tranne gli autori inclusi, ci crede. In compenso gli esclusi, gli unici ad accorgersene, si sentono vedove o orfani, anche se il lutto, come tutto oggi, dura poco. Ne valeva la pena?

✧

Tuttologi – Quello che sorprende non è che si occupino di tutto, ma che ne abbiano il tempo. Se passano il tempo a rispondere alle domande, dove trovano il tempo per porsele?

✧

La ricreazione del passato – Uno degli aspetti più strani di questo periodo è che il passato non viene rimpianto dai vecchi che lo ricordano, ma dai giovani che non l'hanno vissuto. Questo forse non ha precedenti nella storia.

C'è una condizione che l'ha reso possibile, anche se non ne costituisce la causa. Ed è che nell'epoca della informazione il passato non passa. Soprattutto quello prossimo. Ritorna continuamente nella televisione, nei documentari, nel cinema, nei dischi, nei nastri. E colpisce i sensi principali, la vista e l'udito. La creazione è diventata ricreazione, in ogni senso.

Elvis Presley non ha mai goduto di tanta popolarità come da quando è morto. Giovani che non erano nati quando lui c'era lo adorano ora che non c'è più. Ora che è cult.

Cult è una parola che lo sta diventando. È un prestito fatto dal latino (*cultus*) ai popoli di lingua inglese, che l'hanno riservato al rito religioso non meno che al rito sociale. Rientrato in patria, viene scambiato per un altro, che è poi la causa del suo successo esotico.

Ma c'è un aspetto ancora più paradossale nella sua duplice traversata: che ha perso in parte i suoi connotati di setta osservante o di gruppo amatoriale, per acquistare quelli corali di un plebiscito elitario.

Molti aspirano a diventare cult anche in vita, ma in genere si preferisce il defunto, ovvero, alla lettera, "chi ha svolto la propria funzione". Così si può replicarla per sempre e senza sbagliare mai. La "novità assoluta", vanto temerario delle locandine teatrali, oggi è meno popolare della ripetizione assoluta. Il remake funziona perché lo si può paragonare, e inconsapevolmente preporre, all'originale.

Ma un altro aspetto concorre a modificare l'immagine dell'arte nell'epoca, come l'ha definita Benjamin, della sua riproducibilità tecnica. Ed è che l'arte sta coincidendo con la tecnicità della sua riproduzione.

I fedeli dell'alta fedeltà formano una confraternita che coltiva, come ideale estetico, non il valore della musica, ma la qualità dei suoni. Il computer creativo viene contemplato con la stessa devozione con cui i Cretesi veneravano l'ascia bipenne fabbricata da loro. E certo è più flessibile nei propri impieghi. Le fotografie, soprattutto di viaggio, promettono una breve eternità, tra storica e artistica, responsabile di lugubri serate in compagnia dei reduci. Quanto alla televisione, la sua immortalità tocca di diritto, come un carnevale dei poveri, alla massa degli anonimi che vi affacciano il viso.

In questo presente allucinatorio, i figli trovano mitico quello che i genitori trovavano normale. È un'altra singolarità della storia, una polarità capovolta. Non la fuga in avanti tipica delle nuove generazioni, ma all'indietro, tipica delle vecchie. Un disagio che cerca la vita in un museo delle cere.

✧

Rovine – Odio i turisti. Se ne vedo uno in un paesaggio arcaico, mi giro per perderlo di vista. Una volta ne ho scoperto uno che faceva lo stesso con me.

✧

Preistoria del telefonino – L'uomo con il telefonino, da un punto di vista antropologico, si è moltiplicato. Ed è diventato specie.

Prima era raro sorprenderlo sul campo ovvero, come diranno gli archeologi, "in sito": un *sapiens sapiens* che parlava da solo – purché gli altri ascoltassero – per strada, in autobus, al ristorante, a teatro. Si sentiva al centro di una attenzione non meno immaginaria che reale.

Ricordo una scena precisa. Ero stato invitato da un circolo a tenere una conferenza postprandiale. Ora non le tengo più, perché gli sguardi dei commensali, resi brillantemente ottusi dall'alcol, come in un quadro di Hogarth, non sono un viatico incoraggiante per l'oratore. Ma allora fu interrotta da un trillo improvviso a un tavolino, seguito da un dialogo emozionato a una voce, sotto gli occhi, colmi di scherno e di invidia, dei convitati. Era uno dei primi telefonini in funzione, posato al centro della tovaglia. L'effetto scenografico era stato calcolato dal socio per le 22, complice la moglie, perché irrompesse a metà della serata nella cena del club.

Forse il pioniere non sapeva di incarnare una figura tipica del costume italiano. I suoi antenati, possessori non del telefonino, ma del telefono, lo esibivano ai primi del Novecento come un soprammobile artistico. Le prime trasmissioni radiofoniche di opere liriche, assordate da scariche fragorose, venivano raccontate con dovizia di particolari ai melomani di reddito più basso. Le Topolino che sfrecciavano a quaranta all'ora per le strade polverose della Brianza, sobbalzando sulle rotaie del tram al centro dei paesi, suscitavano lo sbalordimento cupo dei passanti, che si voltavano a guardarle. E i televisori all'inizio degli anni Cinquanta erano il bene lussuoso di pochi privilegiati, che invitavano alla sera gli amici per assistere allo spettacolo (prodigi della tecnica!).

Così l'uomo con il telefonino era generoso, soprattutto in treno, nel partecipare agli altri il suo eloquio amoroso e la sua autorità professionale. Maturi e giovani dirigenti con la valigetta ventiquattrore elargivano raccomandazioni pleonastiche alle segretarie, alternandole con liberali indugi sulla salute e sul tempo. Mariti attesi dall'amante a fine corsa intrecciavano forbite conversazioni con il coniuge, facendo un uso sapiente di subordinate al congiuntivo. Il repertorio linguistico della classe medio-alta ne usciva esaltato dal prestigio tecnologico.

La primavera radiosa del telefonino è stata però breve. Dapprima furono inventate le imitazioni economiche: apparecchi finti o con la risposta incorporata, un metallico e gentile "Come stai? Telefona! Ho voglia di sentirti!" che, se pure ripetitivo, a volte suonava più gradito di interlocutori veri. Oggi poi i dirigenti, in treno, guardano con commiserazione i proletari mentre telefonano a casa e danno ragguagli logistici insieme familiari e stranianti: «Stiamo passando da Desenzano!».

Questa intimità pubblica, questi monologhi condivisi con gli altri non sono più il monopolio di una casta, ma una epidemia sociale. Trilli nei cinema, nei concerti, nei convegni, con goffi tentativi di soffocarli nella borsetta. Talvolta le destinatarie escono dalla sala, come una volta le madri con i bambini in lacrime.

Il legame più forte che abbiamo con i congiunti, l'irreperibilità periodica, rischia di dissolversi. Il nome di cellulare evoca un carcere mobile. Solo nelle sedute di lavoro – quando la telefonata imprevista imbarazza l'amante e lo induce a un "Ciao!" soffocato e sommesso, di tono inequivocabilmente extraconiugale – il telefonino riacquista finalmente in pubblico la funzione di una comunicazione privata.

✧

Telefono e irreperibilità – Nell'apoteosi del telefono, ovvero della reperibilità perenne in tempo reale, l'irreperibilità diventa il bene più prezioso.

Purtroppo vi ricorrono, in modo sempre più sistematico, proprio quelli che professionalmente dovrebbero essere reperibili: i centralini, gli uffici reclami, gli uffici prenotazioni, gli uffici stampa.

Tutti ricordiamo come gli uffici informazioni rispondevano al telefono: staccandolo e lasciandolo staccato, almeno per l'orario di lavoro. Oggi rispondono con la musica classica. Prediletti i larghi di Händel, gli incipit di Beethoven e la marcia turca di Mozart. Ma il risultato non cambia. Pregano periodicamente, con voce calda e suadente, di aspettare: e lo si può fare, senza sorprese né interruzioni, giorno e notte.

Per difendersi dalle telefonate (tanto per le più importanti, quelle intime, c'è il cellulare), gli uffici stanno inventando formule originali, insieme chiarissime ed enigmatiche, perentorie ed evasive, inoppugnabili quanto indecifrabili: "La persona chiamata non può parlare". Perché non può parlare? È imbavagliata? Sono in azione occulti rapinatori, che l'hanno immobilizzata sulla sedia? O è stata colta da un ictus, che la lascia temporaneamente paralizzata?

Una variante meno dura e inesorabile è: "La persona all'interno desiderato non può rispondere alla vostra chiamata". Quella espressione, "interno desiderato", introduce una connotazione erotica in un contesto burocratico. E quella parola, "chiamata", evoca una attenzione aurorale verso chi chiama, un interlocutore deluso e desolato.

Presente in molte risposte è l'aggettivo "assente": "La persona chiamata è, in questo momento, assente". E dov'è? In bagno? Forse, non c'è necessità più indifferibile. Una volta, in banca, ci si ritirava anche per chiacchierare, ma oggi si preferisce l'ufficio. Oppure la persona chiamata è stata già chiamata per una riunione? Può darsi, le riunioni sono talmente numerose che i dirigenti, per negarsi all'interlocutore frustrato, vi risiedono, secondo la segretaria, in permanenza. *Alibi* in questo caso significa, anziché essere altrove, essere lì, ma irraggiungibile.

In questa corsa alla irreperibilità non mancano naturalmente le eccezioni, che allargano l'utenza del telefono e il cuore dei gestori.

Tra di esse includerei gli adolescenti, spinti da un desiderio vorace di parlare con i coetanei (è una voglia che diminuirà con l'aumentare dell'età e della conoscenza dei coetanei). E, fatalmente immensa, la folla di chi cerca, attraverso un ricorso frenetico al telefono, una prova della propria esistenza e purtroppo la trova.

✧

Chiamate – Non è che ti telefonano quando sei utile. È che quando non sei utile non ti telefonano.

✧

Etica politica e impolitica – Leggo sulla "Repubblica" del primo luglio 1998 una intervista di Susanna Nirenstein ad Aleksandr Zinov'ev, di cui è uscito da Spirali *L'umanaio globale.*

Nel 1977 era uscito da Adelphi *Cime abissali*, una satira paradossalmente vertiginosa, come suggerisce il titolo, della burocrazia sovietica. Espulso all'epoca di Breznev, Zinov'ev aveva continuato in Occidente, anche all'epoca della caduta del Muro, la polemica contro Gorbaciov e questo non mi era piaciuto. L'avevo stupidamente interpretato come un accanimento caratteriale, un egotismo iperbolico, una coazione postuma.

Il nuovo romanzo viene presentato come un attacco globale contro la Società Globale dell'Occidente e la sua disumanità. Aspetto di leggerlo prima di farmene una idea – non è una cosa tanto ovvia, la maggior parte degli esperti, soprattutto se schierati ideologicamente, ne sono esentati d'ufficio. Ma non è il libro che in questo momento mi interessa, anche se il titolo, *L'umanaio globale*, mi sembra già un buon viatico per l'orgoglio della società opulenta. È l'intervista, memorabile. Soprattutto per quanto afferma e nega sulla funzione dell'intellettuale: un tema che può costare la vita, come accadeva sotto le dittature dell'Est e dell'Ovest, o che può offrire un gettone di presenza, come accade nelle tavole rotonde di oggi.

Zinov'ev anzitutto non si stupisce di essere un critico irriducibile della società occidentale, così come era stato oppositore del comunismo. Una risposta a quelli che insegnano sempre da che parte stare, e lo insegnano soprattutto a quelli che non vogliono starci. Lui non sta da nessuna delle due o meglio sta contro tutte e due.

La giornalista gli chiede come mai proprio lui sottolinei certi aspetti positivi del comunismo. Perché allora lo aveva tanto attaccato? «Perché pensavo potesse durare per sempre» è la risposta. Ma aggiunge: «L'Urss è stata distrutta e il sistema post-comunista è inaccettabile. È molto peggio del sistema comunista. Ora è più importante criticare la nuova realtà».

Non so quanti in Russia condividano le sue idee e per fortuna lui ritiene impossibile la restaurazione del comunismo. So che ci vuole coraggio (dopo avere contribuito a debellare un regime) ad attaccare con maggiore violenza i vincitori, anziché sedersi alla loro mensa. Sembra di essere in Italia.

«Lei rimpiange il passato» gli dice la giornalista. «Non rimpiango» risponde Zinov'ev. «Sono uno scienziato e uno scrittore. Parlo di fatti.»

È istruttiva – in una età che ama non il pathos ma la sua caricatura, il patetico – questa insofferenza per le investigazioni emotive, quando ogni pubblico si riconosce nella menzogna rassicurante. Zinov'ev risponde: «Non rimpiango».

Il bilancio della intervistatrice è imbarazzato: prima contro Breznev; poi contro Gorbaciov; poi contro Eltsin. La risposta di Zinov'ev merita di essere riportata:

«Non ero contro il comunismo. Lo osservavo, lo studiavo. Non sono contro la società occidentale. La studio. Descrivo la realtà. Non ero contro Gorbaciov. Ho solo scritto che era un traditore, e un idiota dal punto di vista intellettuale, stava distruggendo la Russia. Non sono un politicante. Dire cosa fare non è compito mio.»

È tipico di uno scrittore come Zinov'ev dire una cosa e suggerire contemporaneamente il suo contrario. Meno male che non era contro Gorbaciov, chissà se lo fosse stato. Eppure ha ragione lui. Non ce l'aveva con l'uomo, ma con quello che faceva. Solo i sinistrati della politica confondono le due cose.

C'è però qualcosa di più importante nella sua risposta. «Dire cosa fare non è compito mio.» Non è poco per un secolo che ha delegato agli intellettuali il compito di pensare per le masse. I risultati si sono visti. I genocidi di proporzioni più vaste che in diecimila anni di storia.

Per quanto riguarda la società russa, Zinov'ev muove da una constatazione: «La popolazione era di 260 milioni di persone e la maggioranza aveva degli standard di vita relativamente alti. Ora hanno perso tutto». E per quanto riguarda la società occidentale, dichiara di non considerarla un paradiso: «È una nuova forma di totalitarismo. Un totalitarismo che sarà molto peggio del comunismo».

Alla domanda se abbia un modello diverso da proporre, Zinov'ev ribadisce: «Non è un mio problema. Non devo dire io i nuovi programmi. Non rispondo a queste domande». E l'ultima frase dell'intervista è: «Non ho un progetto».

Non è una variante imperiosa del disimpegno. C'è invece una verità più forte in questo drammatico non-rispondere che in tante risposte mediatrici, dialettiche, lenitrici, ricostruttive, ricostitutive, ricostituenti, dietetiche, equanimi, equilibrate, equilibratrici, equilibristiche. Zinov'ev restituisce all'intellettuale l'azione politica più importante nel mondo d'oggi: che non è di pensare in modo edificante – a questo provvedono i politici, che edificano cattedrali perfino nei deserti – ma di pensare secondo un'etica radicale.

Zinov'ev dà risposte inesorabili, non invia messaggi ottimistici, li lascia ai pubblicitari. Ricordo Kundera a Palermo, dopo un tripudio di fraternità internazionali, coordinate dall'Urss, dire cupo, con una scansione lenta che diffuse il gelo in platea: «Ho notato che l'ottimismo è la virtù degli oppressori».

Zinov'ev non corre questi rischi. Molte sue affermazioni sono contestabili, ma non è questo il punto. Non c'è figura credibile di intellettuale se non antepone il coraggio etico del pensiero agli interessi di parte e di partito e agli interessi professionali e personali. Di solito convergono mirabilmente.

C'è da stupirsi se la figura dell'intellettuale soffre di credibilità e se Zinov'ev viene debitamente liquidato, da destra e da sinistra, come contradditorio?

✧

Schierarsi – "Tu da che parte stai?" è la domanda più frequente in Italia, quando si parla di politica, anziché "Tu che cosa pensi?", che è una situazione evidentemente più rara.

✧

La politica come problema linguistico – Aumentare le pensioni, diminuire il debito pubblico, difendere lo stato sociale, ridurre il carico fiscale, mantenere i diritti acquisiti, combattere la disoccupazione, incrementare il risparmio, incentivare i consumi.

Che cosa è, una sciarada, un rebus, il gioco dei contrari? No, è un programma. Il sogno di ogni politico è far proprie le ragioni del concorrente e sostituirsi a lui. Non sono più partiti (*partes*), sono totalità. La coabitazione coatta degli opposti, che nella retorica si chiamava ossimoro, è diventata la figura della convivenza ideologica.

La politica in Italia è un problema linguistico. Fare i conti con le parole è meglio che fare i conti. Né tagli né tasse, intima al governo un ministro che ne fa parte. E come si raccoglie il denaro? Mi ricorda la vertigine metafisica di "Né collaborare né sabotare", dedicata dai non-interventisti ai soldati in trincea durante la Prima guerra mondiale. E che cosa potevano fare? Non potevano né avanzare né fuggire e neanche rimanere sul posto. Oltre che un dilemma insolubile, era un imperativo fatale. È questo l'alibi linguistico della nostra corruzione.

Non esitiamo a riconoscere i nostri difetti – che è anche il modo più efficace per preservarli, come il vile che confessa la pavidità o l'avaro che ammette una propensione al risparmio. Siamo però indulgenti di fronte all'esercizio della retorica, che consideriamo una innocua abilità verbale. Ma non è così, almeno in Italia. C'è un aneddoto sapienziale sulla origine della retorica, che ne fissa le connotazioni nazionali e la eredità millenaria.

La retorica nasce in Sicilia, nelle colonie greche. È un dato non privo di interesse. Dei Greci conosciamo le virtù, un po' meno i difetti. *Graeca fides*, la affidabilità dei Greci, era una espressione che i Romani non potevano pronunciare senza una inflessione ironica, come *Punica fides*. Assomiglia alla accezione con cui i popoli nordici usano l'aggettivo "italiano" e non stanno parlando del Rinascimento. Il "credito greco" per Plauto (*Asinaria*, 199) era quello che mai si sarebbe potuto riscuotere se non alle calende greche, che appunto non esistevano. Astuzia, menzogna e tradimento erano praticati con una destrezza intensificata dall'orgoglio.

Sullo sfondo di questo inquinamento ambientale si colloca l'aneddoto del siracusano Corace, che insegna a Tisia la tecnica del parlare efficace – questo il significato originario della parola "retorica" –, così da persuadere l'ascoltatore. E Tisia, al termine delle lezioni, si rifiuta di pagarlo. La sua argomentazione è questa: se mi hai insegnato bene la retorica, devo convincerti che non ti devo niente. E non ti pago. Se invece non riesco a convincerti, vuol dire che non mi hai insegnato bene la retorica. E non ti pago. In tutti e due i casi non ti pago.

La disputa sembrerebbe conclusa, ma l'aneddoto ha un compimento ad anello. Corace replica: se riesci a convincermi che non mi devi niente, vuol dire che ti ho insegnato bene la retorica. E mi paghi. Se non riesci a convincermi, mi paghi. In tutti e due i casi mi paghi.

Non sappiamo quando ha termine la disputa. O meglio, sappiamo che non ha termine. Corace e Tisia disputano in eterno, l'uno opponendo all'altro gli stessi argomenti, simmetrici e capovolti. È questo il senso immortale dell'aneddoto, che ci svela aspetti essenziali della retorica.

Uno è che l'arte del dire può essere tanto efficace da inibire l'emergere della verità e da imporre un risultato di parità ai due contendenti. Una sorta di terrorismo intellettuale li costringe alla paralisi, come le armi moderne nella strategia del terrore.

L'altro è ancora più sinistro. Nessuno vince, ma uno ha ragione e tutti e due lo sanno. È il maestro che ha ragione. La retorica – non essendo la saggezza, ma una tecnica che offre vantaggi a chi la pratica – non può che comportare un compenso per chi la insegna. I sofisti, che la divulgano in Grecia, sono i primi maestri a esigere remunerazioni elevate. Aristotele racconta nella *Retorica* (III, 14) che Prodico di Ceo, quando vedeva il pubblico distratto, gridava: «Eccovi il punto da cinquanta dracme!» e otteneva subito l'attenzione dell'uditorio.

Corace quindi dovrebbe ricevere il compenso. Ma, assoggettandosi alle regole della tecnica da lui stesso insegnata, disputa sterilmente in eterno.

Un terzo aspetto è infatti la sterilità – etica, intellettuale ed estetica – della retorica, quando da mezzo si trasforma in fine.

Questo in politica ci consente di considerarla con indulgenza, come un innocuo esercizio verbale: perché serve a coprire ciò che non lo è.

✧

Giustizia italiana – Siamo un Paese strano. E abbiamo una Giustizia normale per un Paese strano.

Sofri, dopo decenni di percorsi giudiziari, si vede confermata una condanna che si fonderebbe non su una prova certa, ma su una probabilità certa. Solo che la probabilità certa in italiano non esiste. Ma in Italia sì.

✧

Supergiustizia italiana – Supertestimone. Sta per testimone, come superbigamo sta per bigamo. Protetto nelle supercarceri, viene ascoltato nei maxiprocessi. Fasti italiani.

✧

Azienda Italia – Un binomio corrente, cordiale, corale, corroborante. In realtà una locuzione straniante, una citazione postmoderna. L'elmo di Scipio accanto alla partita doppia. Chi li ha accostati per primo?

La Grecia ci ha tramandato i nomi, spesso leggendari, dei suoi *euretai*, dei suoi scopritori e inventori: ma noi ignoriamo chi ha unito, sotto il giogo matrimoniale dell'economia – *coniugium* significava nel Lazio agrario "tutti e due sotto lo stesso giogo" – la Patria e l'Impresa. È raro rintracciare i moderni *euretai* di parole e locuzioni. Decisiva è comunque l'adozione da parte degli altri, il consenso sociale. Nel caso di Azienda Italia è stato plebiscitario.

✧

Economia come alfabeto del mondo – Siamo, come direbbero i rabdomanti della società, a una svolta epocale. Il lessico dell'economia è diventato l'alfabeto del mondo. La caduta del muro di Berlino, trascinando nel crollo il delirio ideologico, ha aperto un varco subito colmato dalla irruzione del mercato. Ma non dimentichiamo quanto la ragione economica e tecnologica avesse concorso alla caduta di quel muro.

Il suo codice è destinato a estendersi ulteriormente. Prima tutto era politica, oggi tutto è economia. Ogni area della esperienza umana ne viene coinvolta, perfino i cieli della mistica. «Quest'anno la mistica ha un *target* più grande» ho sentito dire da un libraio. Dopo decenni di fallimenti economici imposti dalla politica, l'economia si prende la rivincita imponendo alla politica i suoi successi.

Li impone però anche alla cultura, trasferendovi modalità, procedimenti, bilanci e prospettive: in una sola parola la propria tecnica, da cui ci si aspetta solo che *funzioni*, non che scopra valori, come invece è sempre stato compito della cultura.

Il miraggio è la comunicazione planetaria in tempo reale. Che cosa comunicare e quale sia il senso autentico del tempo umano sono interrogativi marginali.

Il linguaggio non è solo la spia infallibile di questa svolta. È anche una immensa riserva di metafore, non sempre calzanti, che ne alimentano l'accelerazione.

Il positivismo tra Otto e Novecento ha lasciato un segno inconfondibile nella lingua comune e nel lessico di discipline quali la psicanalisi e la sociologia. Freud dichiara il suo debito – circa le nozioni di campo, di energia, di poli di attrazione – nei confronti della fisica. Ma denuncia anche l'inadeguatezza di questa appropriazione.

A non molti anni di distanza un sociologo della statura di Sorokin denuncia quanto sia fuorviante il ricorso da parte dei sociologi a metafore derivate dal mondo della fisica: quando per spiegare in termini comprensibili una realtà che si conosce poco si ricorre ai termini complicati di una scienza che si conosce ancora meno.

Non esistono purtroppo leggi antitrust per arginare i monopoli linguistici. Un aspetto grottesco di questa invasione del mercato (nelle accezioni molteplici della espressione) è il lessico tecnologico americano, importato in tempo debitamente reale ovvero alla velocità della luce, al seguito della rivoluzione telematica.

Sappiamo che le dighe puristiche non hanno fortunatamente retto, negli ultimi due secoli, al dilagare dei barbari. E un'opera come il *Lessico dell'infima e corrotta italianità* di Fanfani e Arlia, del 1877, testimonia, più che la rotta dei forestierismi, il cimitero delle alternative italiane.

Ora però l'alluvione ha toccato i limiti di guardia. Si usa un americano ipertecnico e spesso frainteso anziché ricorrere a un equivalente nella nostra lingua. E si impoverisce e si appiattisce, sotto un gergo che veicola passivamente i concetti senza sottoporli al vaglio della lingua, la stessa comunicazione economica.

Gli antidoti che la cultura può elaborare sono almeno tre: autocontrollo, critica, satira.

Per l'autocontrollo faccio un piccolo esempio personale. Ho usato per decenni il verbo *funzionare* a proposito delle modalità di un racconto. Ma il verbo funzionare è addirittura lo stemma araldico della tecnica, come ha mostrato Umberto Galimberti in *Psiche e techne*: e se è adatto a valutare la funzionalità di un procedimento narrativo, è inadeguato a giudicarne il risultato. Ho adottato altri verbi. E funzionano? Sì, funzionano (non riesco sempre a emendare il mio alter ego).

La critica, esercitata attraverso la stampa e gli altri mezzi di informazione, può aumentare la consapevolezza della lingua e indurre una attenzione più selettiva, un controllo più vigile. Il miraggio sarebbe l'adozione di un linguaggio in cui riconoscersi al meglio (al peggio è quello che generalmente si adotta).

La satira colpisce con l'arma più temuta, il ridicolo più ancora che il comico. Non si è riusciti ancora ad amputare *attimino* del suo diminutivo, però non *si porta avanti il discorso* da un quindicennio. È già un segnale.

La satira ha un territorio vasto da bonificare, quello della colonizzazione economica. E aggiungerei di non dimenticare la colonizzazione ideologica.

✧

Immunità politica e mutazione fonetica – Non so se il caso rientri nelle leggi fonetiche, come la rotazione consonantica delle lingue germaniche: ma la *m* di immunità parlamentare tende irresistibilmente, nella pronuncia dei parlanti, a trasformarsi nella *p* di impunità.

La tendenza, nei primi anni Novanta, era divenuta talmente forte, che i linguisti del Parlamento si erano interrogati sulla opportunità che sopravvivesse la voce immunità, sempre a rischio di essere fagocitata dalla voce concorrente.

L'immunità parlamentare aveva infatti subìto (alcuni dicevano realizzato) una mutazione: da strumento per prevenire gli abusi era diventata il privilegio di poterli commettere, godendo della assonanza con l'impunità.

Quest'ultima, frutto di convergenze linguistiche in Parlamento, si manifestava come solidale copertura. Tanto valeva abrogare d'ufficio la voce immunità, visto che la si pronunciava impunità. E così era stato fatto.

Ora si parla di ripristinarla. Io suggerirei la cautela. I parlanti continuano, con sintomatica protervia, a scambiare le consonanti e a pronunciare la *m* come *p*. È difficile contrastare le leggi fonetiche, che nascono da propensioni collettive e da esperienze storiche.

Certo la terapia fonetica, anzi l'intervento radicale adottato un decennio fa per bloccare una corruzione del linguaggio che rischiava di soffocare la vita civile ed economica, non poteva sempre passare attraverso il rispetto formale della grammatica. Che poi ci sia stato un accanimento non precisamente terapeutico nei confronti di altri nomi, non più comuni ma propri, è difficile negarlo. L'ha ammesso anche uno studioso equilibrato come Violante. Ma correggere tendenze fonetiche radicate nell'uso dei parlanti – nonché nelle abitudini dei politici – non ha mai portato fortuna ai legislatori della lingua.

Si obietta che l'emergenza degli anni Novanta sia passata. Può darsi, ma in Italia l'emergenza non passa mai. Anzi dire che è passata significa provocarne una nuova.

Cesare, nel trattato *Sulla analogia*, scritto durante il passaggio delle Alpi nel 54 a.C., consigliava di seguire l'uso della lingua e di fuggire le novità lessicali come gli scogli sul mare. E pare si intendesse di grammatica non meno che di politica.

✧

Sistema ideologico e sistema paranoico – I sistemi ideologici assomigliano ai sistemi paranoici. Muovono da una idea delirante e intorno a questa sviluppano una rete di idee razionali.

Una idea delirante è stata la infallibilità del sistema. Si tratta piuttosto della infallibilità di chi lo concepisce. Nessun sistema è mai coerente e compatto. Attraverso le maglie passa la corrente e le contraddizioni formano un gorgo che determina alla fine il punto di rottura. Nessun futurologo aveva previsto il crollo del muro di Berlino. Ma tutti in compenso avevano previsto che durasse.

✧

La guerra in televisione – Niente è più visibile, ha detto Confucio, di ciò che è nascosto. Ma nella guerra in televisione niente è più nascosto di ciò che è visibile.

✧

L'Occidente della Rivoluzione Cinese – Quello che mi sconcertava, al tempo della Rivoluzione Cinese, era che i miei amici più cari credessero non alla Rivoluzione di uno Stato, ma alla Rivoluzione degli Uomini: milioni di esseri che diventavano improvvisamente altruisti, tranne pochi riottosi da educare.

La mia incredulità appariva un pregiudizio scettico di fronte al loro entusiasmo per una realtà che non conoscevano. Ora la difendono retrospettivamente come un sogno collettivo e io continuo ad apparire legato a un pregiudizio atavico. Sono in effetti vittima di pregiudizi atavici.

✧

Mitologie nazionalistiche e stragi attuali – Leggo *Le origini etniche dell'Europa*, scritto dal medievista Walter Pohl e pubblicato nel 2000 dalla Libreria editrice Viella di Roma. Tra i suoi meriti c'è di avere individuato il carattere mitico e aleatorio di queste origini. I concetti di popolo e di nazione vengono infatti erosi nelle loro basi storiche e nella loro validità retrospettiva.

Non che questo li privi del potere di aggregazione e di identificazione, che induce gli uomini sia a uccidere sia a farsi uccidere (una opzione più impegnativa). Le spinte visionarie sono la dinamica segreta della ragione. E perfino le motivazioni economiche, al di là di una efficacia immediata, esercitano una azione durevole solo se si trasformano in sogni, in miraggi e in deliri.

Credo però sia importante approfondire i fondamenti delle utopie nazionalistiche e continentali. Anche perché le stesse utopie sono le prime a farlo, se pure con un piccolo neo: che tendono a trasformare le premesse ideologiche in conferme storiche.

Il mito ariano, come l'ha chiamato Léon Poliakov nell'opera omonima, è stato alimentato da storici, etnologi e studiosi della religione e del linguaggio. Non sono stati in pochi a piegare la problematicità della scienza e la parzialità contraddittoria dei dati a una visione totalitaria dalle potenzialità dirompenti. Perfino l'ostinazione con cui i filologi tedeschi preferiscono alla denominazione di indoeuropeo quella di indogermanico non è solo questione di linguistica storica.

Un libro come questo di Pohl è perciò un antidoto prezioso ai fraintendimenti strumentali. Il suo scopo non è di contestare le rivendicazioni nazionali di Baschi o di Corsi o delle etnie che insanguinano la storia dei Balcani. Il suo merito è di denunciare le usurpazioni retrospettive che vorrebbero avallare i massacri. Le domande che si pone sono dilemmi insolubili e insieme sfide a metterne in discussione i presupposti:

"I Bosniaci musulmani sono in realtà Serbi, come credono i Serbi, o sono i Serbi bosniaci in realtà Bosniaci, come pensano i Bosniaci? I Curdi sono 'Turchi montani', Iracheni e Iraniani, o esiste una nazione curda oppressa?"

Rispondere alle domande non significa risolvere le tragedie che le eludono e che nessuna risposta placa. La matrice di queste tragedie ha nomi tristi: sopraffazione, violenza, interesse, odio, ferocia, vendetta, viltà. Le domande che l'agnello pone al lupo, nella favola di Fedro, ricevono sempre una risposta, ma mai quella giusta. E quella giusta è che alla fine il lupo divora l'agnello.

Però l'uomo, lo ammette perfino l'etologia, non è propriamente un lupo. E smentire gli alibi che gli consentono di esercitare da millenni la violenza può essere uno dei compiti indiretti della storiografia.

Il libro di Pohl non inaugura una tendenza, ma le dà forza e attualità. E dovrebbe acquistare spazio in quegli scontri ideologici che non sono meno decisivi e tragici dei campi di battaglia: perché li preparano, li giustificano e li consacrano.

✧

Happy end – Nessuno ci crede. Lo si vuole per cinismo, non per ottimismo.

✧

Mutamenti della memoria – Abbiamo due modi, come sempre, per raccontarci i problemi della memoria quando invecchiamo: uno è di dire che la stiamo perdendo, l'altro che ne stiamo acquistando una più selettiva.

✧

Natali parsimoniosi – La Storia non si ripete, si assomiglia.

Esco in strade serali con luminarie esitanti, come se le feste fossero già passate e invece devono ancora venire. Mi ricordano Natali diversi e restrizioni analoghe. Le stelle comete hanno accorciato la coda, gli archi di trionfo diradano le lampadine.

I sociologi ci rassicurano che siamo passati dallo spreco all'acquisto selettivo. Tra le virtù taumaturgiche del linguaggio c'è anche quella di trasformare lo scoramento in cautela. Siamo diventati finalmente sensibili al rapporto qualità-prezzo, con una attenzione ipnotica al secondo. E forse stiamo per arrivare al differimento dell'acquisto, che deve essere un grado ulteriore di maturità.

Già il Natale della crisi petrolifera aveva abbassato le luci. Ricordo la commozione degli avari che, abituati a piombare sugli interruttori per impedire sciupii, si vedevano inaspettatamente compresi e addirittura imitati da prodighi pentiti. E ricordo profezie di aruspici del passato sul ricorso del tempo in cui si risparmiavano la carta stagnola e lo spago, nonché i barattoli privi della insopportabile scritta "a perdere". C'era stata una adesione complice a una atmosfera autarchica di pubblicità lenitiva, di tisane e di decotti, destinata a casalinghe vagamente insane di mente e dolcemente estatiche. I primi sciami di cittadini in bicicletta inalavano con voluttà l'aria carboniosa dei viali.

Qualche anno dopo – in occasione di un'altra moderna festa urbana, quella dell'inquinamento – avrebbero avuto in prestito da sindaci giulivi biciclette gialle. Sparirono quasi tutte. Scambiare un prestito per un dono è tendenza diffusa in Italia e l'esperimento non fu ritentato.

Si trattava comunque, se paragono ieri a oggi, più della euforia del febbricitante che della ipocondria del depresso. L'inflazione provocava rialzi di temperatura e l'imperativo supremo perseguito in ogni campo, "crescere!", faceva i conti con espressioni dure e irreali quali "limiti dello sviluppo". Oggi la crescita viene riservata soprattutto al campo morale. Ho sentito l'omelia natalizia di un finanziere, che alle prospettive problematiche dell'economia contrapponeva una ripresa vigorosa del senso della famiglia, l'unico a resistere nella generale crisi dei valori, inclusi quelli di Borsa. Le facce impietrite dei presenti esprimevano un costernato assenso.

✧

Comunicazione e depressione – Sappiamo di depressi muti, che cominciano finalmente a essere curati con i farmaci. Ma siamo circondati da semidepressi loquaci, che dobbiamo curare noi.

✧

Prologo praghese – Decido, grazie a una combinazione attraente, un viaggio di tre giorni a Praga.

Mi pento subito di averlo detto a qualcuno.

«Ma come, non hai ancora visto Praga?», è il commento più indulgente.

Mi giustifico con una naturalezza che trasforma lo stupore del mio interlocutore in indignazione. Non si può non avere visto Praga, mi sento dire.

Come ho vissuto finora? Come sono vivo?

«*Praga magica*!» sussurra il più giovane, omettendo allusivamente il nome di Ripellino. Aggiunge grave:

«Per me è stata una guida insostituibile.»

Annuisco, assumendo la sua espressione.

Una amica mi dice:

«Praga oggi non si può più vedere. Dovevi andarci prima della caduta del Muro.»

Un esperto di letterature slave mi conferma:

«C'era spionaggio, delazione, depressione, però vedevi Kafka. Oggi vedi il consumo.»

«Ma loro che cosa preferiscono, ieri o oggi?»

«Oggi, ma questo che cosa significa?»

«Niente» lo rassicuro.

So che per l'ideologia l'ultimo ad avere il diritto di giudicarla è chi la subisce. Il suo bene lo conoscono gli osservatori esterni. Lui non lo conosce e per di più ha l'improntitudine di non volerlo apprendere da loro.

Un altro mi chiede:

«Perché vuoi andare a Praga? Tutto è omologato. Vendono le magliette con la fotografia di Kafka insieme con la marcia funebre di Elton John.»

Provo una irrequietezza profonda, che mi indurrebbe a desistere.

Ne parlo con mio cugino Ezio, scenografo internazionale, abituato a decidere un viaggio a Tokyo come io a programmare tre fermate in metropolitana. Mi dice:

«La colpa è tua, che parli di un viaggio a Praga come se fosse un evento.»

Accuso il colpo. Soprattutto la parola evento, che odio da quando gli editori la associano al libro: ci deve essere un evento che spinga il libro. Ma è il libro, l'evento!

Rifletto che quanto più viaggiare è facile, tanto più diventa difficile.

Ha scritto John Ruskin:

"Gli uomini non hanno visto granché del mondo andando lenti, figuriamoci se vedranno di più andando veloci!"

Lo cita Attilio Brilli in *Quando viaggiare era un'arte*, pubblicato dal Mulino nel 1995 e dedicato al Grand Tour nell'Europa del Settecento. Credo che oggi l'arte di viaggiare sia l'arte di tenerlo nascosto agli amici.

✧

Kafka nella strada degli alchimisti – Avevo fantasticato su Praga leggendo i percorsi di Kafka, camminatore inquieto di lunghe passeggiate pomeridiane e notturne. Questo nomadismo urbano, tipico della città visionaria tra Otto e Novecento, mi ricorda quello di Fargue, con le sue traversate di Parigi alla ricerca del nulla, per strade brulicanti di vite che si incrociano senza incontrarsi.

Anche in Rimbaud e in Campana c'è una spinta insaziabile al vagabondaggio febbrile. Però in Kafka le camminate hanno qualcosa di labirintico e di ripetitivo, disegnano una mappa di itinerari geometrici, variati nei vicoli e nelle piazze della città vecchia e lungo il fiume e attraverso i ponti che portano all'altura del Belvedere, all'Orto Botanico, al Monte San Lorenzo e soprattutto al Castello.

Kafka non era solo nomade a piedi, ma nomade nelle abitazioni, che cambiavano con l'ascesa economica della famiglia. Vi corrispondevano fughe solitarie in piccoli appartamenti in affitto, in stanze illuminate da finestre "con vista libera" (forse la libertà sognata da Kafka), descritte ogni volta con precisione disadorna e lirica.

Desisto però presto dalla loro ricerca, nel giorno ventoso e chiaro del mio arrivo. Praga, animata, festosa, ha mutato troppe case nelle quali Kafka ha lasciato una traccia invisibile. Solo nella vivacità cimiteriale delle fotografie d'epoca, raccolte da Klaus Wagenbach nei suoi libri di immagini, sono riuscito a ritrovarlo. Nella realtà sono frastornato dai colori di una città ridipinta, come le quinte di un teatro rimesso a nuovo, sui cui fondali si affacciano palazzi e chiese di ogni stile.

Pare che dopo il 1989 gli abitanti siano stati presi da una furia di restaurare esterni e interni. Non manca – naturalmente in Italia – chi rimpiange la città fantasmatica, acquattata nel buio e attanagliata dal sospetto, della occupazione sovietica ovvero (amara consolazione degli eufemismi) della "sovranità limitata". Alcuni la scambiano per la Praga di Kafka, che invece l'aveva in parte divinata cinquant'anni prima. La Praga dove lui era nato e cresciuto era a sua volta diversa da tutte e due: ed è vano illudersi di riviverla in questo pomeriggio domenicale, con la folla che sciama sul ponte Carlo, scandito da statue nere sopra la Moldava luccicante, tra suonatori e burattinai e mimi e voli di gabbiani in alto.

L'edificio delle Assicurazioni Generali, sontuoso nella sua monumentalità barocca, dove Kafka lavora tra il 1907 e il 1908, è lontano pochi metri dal mio albergo, ma non so quanti secoli dal nostro. Il tempo è molto più veloce della cronologia.

Osservo poi, con curiosità volontaria (la sua negazione), l'Istituto di assicurazione contro gli infortuni sul lavoro, dove Kafka aveva lavorato molto più a lungo, tra il 1908 e il 1922, ma con orario dimezzato e sollievo proporzionale (chi ha lavorato in una banca può capirlo con competenza solidale). Anche qui però provo emozioni solo per controfigura. Ho sbagliato a cercare la Praga di Kafka, le città sono come gli uomini che le abitano, cambiano insieme con loro.

Ma proprio quando vi rinuncio, lo spiraglio si schiude.

Salgo per il selciato ripido, costeggiato da vecchi negozi, che porta alla spianata del Castello. Più che un castello è una cittadella aerea, in cui si entra attraversando portali e cortili. E dentro, come sulle acropoli antiche, i presìdi militari e religiosi per difendere la città in basso: alloggi dell'esercito e una possente cattedrale gotica e poi piazze e case e altri cortili e sotterranei.

Riesco finalmente a trovare la strada degli alchimisti. Qui Kafka, in una delle sue migrazioni sedentarie, affitta nel novembre del 1916 con la sorella Ottla, l'unico familiare ad amare la sua arte, una casa minuscola al numero 22. Qui scrive alcuni dei suoi racconti più belli, tra cui *Il messaggio dell'imperatore*. L'ultimo dei sudditi aspetta il messaggio che l'imperatore, dal suo letto di morte, ha mandato proprio a lui. Mai però il messaggero, varcando scale e cortili, fendendo vigorosamente la folla, riuscirà a raggiungerlo, perché mille ostacoli attardano la sua corsa. "Ma tu siedi alla finestra e sogni il suo messaggio, quando scende la sera."

La stradina in discesa degli alchimisti, fiancheggiata da casette colorate, è invasa dai turisti. Le abitazioni a un piano, con le travi di legno, hanno subìto una metamorfosi che mai gli alchimisti avrebbero previsto, sono diventate piccoli negozi di giocattoli, di marionette, di armature, di carte geografiche, tutti gremiti di gente. Kafka parla di un vicoletto silenzioso, non riesco a immaginare dove possa essere la sua casa. E invece è lì, a pochi metri da me, è l'unica davanti a cui non sosta nessuno, perché è chiusa e disabitata.

Mi appoggio al vetro e dapprima non vedo niente. Poi la vista si abitua alla oscurità e a poco a poco si delinea una stanza spoglia, un pavimento di legno, una finestra che si affaccia su un burrone di cespugli, il fossato che circonda il Castello.

Continuo a guardare dentro quella solitudine muta, dentro quella stanza vuota e sento per la prima volta una presenza in uno spazio circoscritto. È stato solo in quel momento che Kafka è diventato una stanza e una stanza il mondo.

✧

La colpa genetica degli artisti – Gli artisti sono sempre stati perseguitati da esperti che li istruiscono su che cosa dovrebbe ispirarli. Non parlo dei committenti, che possono accampare qualche diritto. I proprietari della "Casa sulla cascata" hanno il merito di averne affidato il progetto a Wright, anche se offuscato dal demerito di averne modificato l'arredamento. Parlo di quei committenti che non pagano, ma impartiscono ugualmente le loro direttive. Quei critici ad esempio che attribuiscono a un artista la colpa genetica di non essere un altro.

Un secolo di filologia tedesca ha rimproverato a Virgilio di non essere Omero. C'è voluta l'impavidità di studiosi eminenti per scoprire che si trattava di autori nonché di mondi diversi e che di Virgilio, nella sua *imitazione* creativa di Omero, ci si poteva accontentare così com'era.

Il Tasso, agli infiniti triboli che gli causa il delirio di persecuzione, deve aggiungere il confronto perdente con l'Ariosto, morto mezzo secolo prima che venga pubblicata *La Gerusalemme liberata*. Al vertice delle polemiche c'è Galileo Galilei, che arriva a questo paragone tra i due: se il Tasso è "gretto, povero e miserabile", l'Ariosto è "magnifico, ricco e nobile". Per risolvere i propri dubbi dottrinali e formali il Tasso si rivolge a un tribunale di inquisitori e di critici. E si capisce come in trent'anni di strenuo lavoro *La Gerusalemme liberata* sia diventata *La Gerusalemme conquistata*: emblema di quello che un genio può fare contro la propria opera.

Altro caso illuminante. Goldoni scrive in un solo anno, che definirà "terribile" nei *Mémoires*, sedici commedie nuove, che comprendono alcuni capolavori come *La bottega del caffè*, *La famiglia dell'antiquario* e *La locandiera*. Spera di essersi affrancato dal confronto sfibrante con Carlo Gozzi e Pietro Chiari. Ha eluso le improvvisazioni della Commedia dell'Arte e le macchine scenografiche. Ha rivelato l'orizzonte domestico e abissale della commedia di carattere. Eppure c'è chi continua a imputargli, allora e oggi, di non avere la fantasia lirica del Gozzi delle *Fiabe*. De Sanctis lamenta, come imperdonabile carenza, che gli manchi la "divina malinconia". Quanto a Croce, lo definisce anzitutto inferiore a Molière. E l'immagine che ce ne offre non è quella di un artista geniale, irresistibile, lieve, ma quella di un "brav'uomo", cioè il viatico con cui le persone perbene congedano idealmente gli inferiori:

"Era anche un brav'uomo, di oneste intenzioni, bonario, pietoso, indulgente; ma la sua vena era quella."

Anche Totò è stato accusato per decenni di essere Totò e di non essere Chaplin. Qualcuno l'avrebbe voluto simile a Petrolini, che non veniva accusato di non essere Chaplin perché un grande critico teatrale, Silvio D'Amico, aveva affermato che Petrolini era Petrolini.

Una variante mostruosa di questo sistema aberrante è costituita dal rapporto tra Gershwin e Ravel. Questa volta è l'autore, Gershwin, che vuole diventare l'altro. Non contento di essere il compositore più originale del Novecento americano, cerca di colmare le lacune della sua cultura musicale. Nei suoi viaggi in Europa si presenta a Stravinskij, Poulenc e Milhaud, con l'umiltà di un allievo che sogna di essere accolto nel pantheon dell'arte contemporanea, dove per altro ha già un posto. La risposta più tagliente e lucida è la domanda di Ravel: perché non essere un buon Gershwin per diventare un cattivo Ravel?

C'è qualcosa di perverso nella mente umana se mobilita le sue energie migliori per inibire quel nuovo che contemporaneamente chiede. Hanno tormentato per secoli gli artisti perché infrangevano regole di generi letterari inventate dai grammatici o regole aristoteliche che Aristotele non aveva mai enunciato. Li si è perseguitati in nome della morale e della religione. Dopo che queste epidemie hanno perso in parte la loro virulenza, si è escogitato un *monstrum* per sottometterli a nuove torture: la Storia.

Da quando i Romantici hanno creduto di incarnare lo Spirito del Tempo, sono pochi i critici che non si attribuiscono il privilegio di divinarlo. Sottoposti, più che alla macchina della verità, ai tormenti del cavalletto, gli artisti vengono inquisiti sui loro rapporti con la Storia. Guai se non c'è un legame appassionato! Guai se la si tradisce con altre Muse! Anche perché i giudici che investigano in nome della Storia coltivano il quieto delirio di conoscerla, come se fosse la donna della loro vita. E come se conoscessero la donna della loro vita!

Le dittature di destra e di sinistra non hanno avuto bisogno di alibi per esiliare, incarcerare o uccidere gli artisti che non condividevano la loro decifrazione della Storia: bastava un manuale di estetica. Oggi, nei regimi democratici, la Storia continua a essere il palco eretto da tanta critica per mettervi alla gogna chi si sottrae all'appello.

In mancanza della Storia si ricorre alla Cronaca. Non c'è mese che i narratori non vengano accusati di non essere giornalisti o sociologi o storici o studiosi del costume e di trascurare le catastrofi quotidiane che sono il tripudio della televisione: e di non riprendere, debitamente trasfigurandole (altrimenti che artisti sarebbero?), le prime pagine dei giornali.

Chissà come rimarranno stupiti i lettori del futuro! Almeno come rimaniamo stupiti noi scoprendo che un evento non del tutto periferico, la Prima guerra mondiale, non ha trovato echi diretti in narratori non del tutto periferici come Kafka, Proust, Joyce. Ha trovato una eco straziata in Ungaretti, che l'aveva vissuta al fronte (così è accaduto a Hemingway, a Remarque, a Gadda). L'avesse vissuta nelle retrovie o a casa, forse l'eco sarebbe stata affievolita. Gli indovini del passato faticano a volte, in casi simili, a rintracciarla, ma generalmente ci riescono. Alla disperata parlano di presenza invisibile e di silenzio emblematico.

Certo bisogna essere "absolument modernes", come ha detto Rimbaud, e la sua poesia ce ne offre una immagine abbagliante. Ma per il cabotaggio lungo la costa, che è l'occupazione prediletta dai turisti della Storia, non dimenticherei neanche un avvertimento di Dalì:

"Non preoccuparti di essere moderno. È l'unica cosa che, disgraziatamente, comunque tu agisca, non potrai evitare."

✧

Destino italiano di Buzzati – A proposito del vizio italiano, grazie al quale ogni artista viene rimproverato di non essere un altro. Una variante paradossale è Buzzati, tutta la vita rimproverato di non essere Kafka. Fosse stata solo una accusa di imitazione, sarebbe stata ingiusta, ma comprensibile. No, l'accusa, anche se dissimulata, era di non imitarlo fino a coincidere con lui.

La diversità da Kafka, che la critica francese metteva in luce, veniva considerata una colpa dai critici della cosiddetta madrepatria. Soggiogati dall'universo del boemo e insofferenti della autenticità dell'italiano, si dedicavano a un gioco di confronti fuorviante quanto crudele.

Nelle *Opere scelte* di Buzzati, pubblicate nel Meridiano Mondadori a cura di Giulio Carnazzi, questi aspetti vengono delineati nella introduzione e documentati nella bibliografia. C'è però una bibliografia non scritta, che comprende giudizi non meno accaniti e tenaci. Io posso testimoniare, nel caso di Buzzati, la sufficienza e l'arroganza con cui, anche nella conversazione, si tendeva a liquidarlo paragonandolo a Kafka.

La vittima di questa congiura se ne vendica a suo modo, *en artiste*, scrivendo da Praga per il "Corriere della Sera", nel 1965, uno dei suoi servizi più belli, *Le case di Kafka*, dove confessa dopo le prime righe:

"Da quando ho cominciato a scrivere, Kafka è stato la mia croce. Non c'è stato mio racconto, romanzo, commedia, dove qualcuno non ravvisasse somiglianze, derivazioni, imitazioni o addirittura sfrontati plagi a spese dello scrittore boemo. Alcuni critici denunciavano colpevoli analogie con Kafka anche quando spedivo un telegramma o compilavo il modulo Vanoni.

Tutto questo da molti anni ha determinato in me, nei riguardi di Franz Kafka, non un complesso di inferiorità, ma un complesso di fastidio. Da allora non ho voluto più leggere cose sue, né biografie, né saggi che lo riguardavano. Ma qui a Praga sarebbe stata una viltà di fronte a me stesso se non avessi cercato la sua ombra: esattamente l'attrazione – diranno i cari amici – che induce il criminale a tornare sul luogo del delitto."

L'autore che Buzzati aveva più amato era diventato il suo peggiore nemico da quando i cosiddetti amici lo associavano a lui. Ma questa non è più una storia di rapporti letterari, è una storia di delicata criminalità quotidiana.

✧

L'inaugurazione della Malpensa – Confesso che le interviste dell'onorevole Burlando, ministro dei Trasporti, mi mettevano a disagio. Il viso perennemente corrucciato, la dizione rotta ma perentoria, sembrava in lotta fin dall'infanzia per smentire il cognome. Aveva l'aria di quelli che alzano la voce non tanto perché le circostanze lo richiedono quanto per raccontare ai congiunti (di solito la moglie) di averlo fatto.

La data del 25 ottobre 1998 per l'inaugurazione dell'aeroporto di Malpensa ricorreva nei suoi discorsi come una linea invalicabile sulla quale l'Italia, o almeno lui, giocava un prestigio mondiale. Invano le altre compagnie aeree protestavano contro i privilegi accordati a una sola. Invano esperti di altri Paesi invitavano alla prudenza e al rinvio, denunciando difficoltà logistiche e discriminazioni economiche. Sanzioni o bocciature che arrivavano da Bruxelles apparivano iniqui cordoni sanitari contro un Paese tenuto in proditoria quarantena.

Pronta a spiccare il balzo, l'Italia veniva bloccata a terra dal sabotaggio delle nazioni rivali.

Il primo imperativo era rispettare la data, l'ultimo (lo si è visto poi) rispettare i passeggeri. L'onorevole Formigoni aveva dichiarato, con l'orgoglio laconico di un reduce, che gli impegni erano stati rispettati. Quanto a lui, per arrivare in tempo a New York aveva preferito partire da Linate con un volo British Airways e proseguire da Londra con l'utilitario *Concorde*. Perché non aveva aspettato con gli altri passeggeri alla Malpensa? Ma perché gli impegni vanno rispettati!

La caccia delle responsabilità ha mobilitato lo spirito che oggi sorregge ogni responsabile, quello della irresponsabilità; e ha sfrenato la fantasia dei commentatori.

C'è stato chi – nella investigazione di quella causa prima che Aristotele ha lasciato come un meteorite d'inciampo ai millenni successivi – ha accusato la modernità. Che come causa prima non è da trascurare, visto che può sommarne di infinite. Altri hanno individuato invece un fattore microscopico, l'errore di un computer, che avrebbe fatto deragliare il sistema. Anche questa è una ipotesi suggestiva, simmetrica e opposta alla visione miracolistica del computer, capace di risolvere qualsiasi problema. Peccato che mancassero non solo i panini nei bar, ma mancassero i bar. Mancavano le scale di atterraggio, i collegamenti con le torri di controllo e tremila bagagli. Non mancavano le hostess stremate che dovevano fornire le informazioni, mancavano le informazioni.

Quanto alle scale mobili, completamente immobili, sembravano messe apposta per fare incespicare nella corsa, come le pozze d'acqua nei tremila siepi. Onnipresenti invece i passeggeri, inferociti, affamati, inebetiti, che si aggiravano tra voli differiti, scali cancellati e ritardi moltiplicati in progressione geometrica.

Dicono che altre inaugurazioni aeroportuali abbiano ricevuto un battesimo apocalittico. Ma non è questo il punto. Siamo un Paese puntuale nei rinvii. I nostri ritardi burocratici, tra cinici e criminali, ci impediscono di riscuotere i fondi europei stanziati per le regioni depresse. Abbiamo fatto eccezione con il risanamento finanziario e l'ingresso in Europa. Accontentiamoci. Non sfidiamo la provvidenza politica, che non pare regga il mondo. Perché accanirsi su una puntualità che i funzionari europei ci esortavano una volta tanto a trasgredire?

Non so quanto l'ex-ministro Burlando sia responsabile di questo decollo tragicomico. In Italia la ricerca delle cause è sempre sostituita da quella delle concause. Siamo abituati, anche senza avere letto Hume, a immaginare connessioni temporali anziché connessioni causali. E allora, se siamo agnostici sulle cause, dovremmo diventare almeno rispettosi dei tempi. Prima che alla inaugurazione con le autorità, pensiamo ai passeggeri. Pare che gli aeroporti siano stati fatti per loro.

✧

Catastrofi trionfali – Un appello ai responsabili dei telegiornali. Sappiamo che le catastrofi sono provvidenziali per l'informazione, ma non accogliete ogni elenco di morti come una manna dal cielo. Nell'ora di maggiore ascolto, quella del pranzo o della cena, colpisce l'entusiasmo con cui vengono imbandite le notizie più funeste, precedute da un rullio di tamburi o da un sottofondo sincopato. Colpisce il tono, tra il battitore d'asta e il presentatore di festival, con cui vengono annunciati i genocidi nel Kossovo o in Ruanda, gli straripamenti del Fiume Giallo in Cina, gli sbarchi di centinaia di clandestini sulle coste meridionali, il duplice assassinio nel Veneto, una sparatoria a Bari, la strage in Irlanda, l'esplosione a Nairobi.

In mancanza di peggio gli incidenti puntuali delle nostre ferrovie vengono salutati come i numeri vincenti di una lotteria giornaliera; e in mancanza di morti ci si accontenta, con aria allarmata, dei contusi. Privilegiati i crolli delle Borse asiatiche e i loro echi che arrivano a Wall Street, sparati come la carta più attesa in un Mercante in Fiera natalizio. Introdotti dalla voce concitata dei conduttori, gli esperti in diretta cercano invano di gettare acqua sul fuoco, il fuoco avvampa, avvampa, avvampa nell'entroterra ligure e in quello toscano, sulle coste della Calabria e sulla dorsale appenninica, l'Italia brucia!, è un inferno, distrutti migliaia di ettari di bosco, lingue di fiamma salgono nei cieli torridi, nella estate più calda degli ultimi cinquant'anni.

Quando dilagano i maremoti della Malesia si intravedono gare tra i giornali nel computo dei morti e dei feriti. Sono ottanta, ma si pensa a non meno di novantatré, superano i centocinque, con i dispersi si arriva fino a duecento, raggiungono i duemila, più probabilmente i tremila. C'è chi dice che si salirà a cinquemila, neanche fossero le stime degli analisti di Borsa quando le cose vanno troppo bene.

La meteorologia è diventata uno psicodramma, i bollettini delle temperature gridano trentasette gradi a Cosenza con la stessa vibrante partecipazione dei bollettini di guerra dei vincenti (quelli dei perdenti usano toni moderati, non si perde mai, le truppe si consolidano sempre su posizioni più sicure e difendibili. Così è stata occupata l'Italia nell'ultima guerra).

Siamo passati dalla censura dei suicidi e dei delitti, voluta dalla dittatura, alla loro messa all'incanto, voluta dal mercato. Detesto le dittature, ma qualche correttivo bisognerà pure introdurlo, se non nelle regole, almeno nel costume della informazione. Non per tutelare i bambini (eterno alibi dei moralisti), ma gli adulti. Anche perché, nel Villaggio Globale, le notizie apocalittiche diventano una razione quotidiana.

Una volta i disastri delle altre nazioni venivano filtrati dalle *gravures* esotiche della "Illustrazione Italiana". Oggi irrompono "in tempo reale" da ogni parte del mondo, con un corteggio di orrori ben selezionati. Io non so se possiamo compensare le mutilazioni dei corpi con le iniziative a favore dei popoli in via di sviluppo (anche perché sono poche). O il massacro di una scolaresca americana a opera di un alunno modello con un servizio sul volontariato in Italia (una delle realtà più confortanti, e perciò meno divulgate, del nostro Paese). Vorrei invitare ad accenti meno appassionati, a ragguagli cataclismatici meno fervidi, a una felicità professionale meno partecipata, anche se mascherata da sgomento. La cronaca ha i suoi diritti, ma l'umanità ha i suoi doveri.

✧

Dogane – *Lie detector*, rivelatore di bugie, in Italia è stato tradotto "macchina della verità". Paese morale.

✧

I guru del diritto di cronaca – Alla dittatura del diritto di cronaca ha fatto un cenno sardonico, in un dibattito, un guru della fotografia pubblicitaria. Con la supponenza ammiccante già esibita in altre occasioni, sembrava dire: perché deplorate le violazioni della vita privata, se siete voi che le volete? Basta con le ipocrisie, quando c'è una legge più forte!

Questa legge, rivelata solo in fondo, con l'orgogliosa noncuranza di un creativo di professione, era ovviamente quella del mercato. Il punto però è se la legge del mercato sia la costituzione non scritta della nostra società. Non stupisce che per un pubblicitario sia un assioma, da rendere simpatico con un sorriso, salvo assumere improvvisamente una espressione seria quando qualche morto lo esige.

È un assioma che condividono figure antitetiche: quanti ne traggono giovamenti e quanti danno. Per i primi è la causa del loro successo, per i secondi l'alibi del loro fallimento. Perciò gli uni lo difendono e gli altri lo accusano per ragioni opposte quanto convergenti. Ma entrambi lo avallano come l'ultima, se non l'unica, certezza.

Alla base c'è quella interpretazione della democrazia che chiamerei *democrazia di mercato*. Se la maggioranza vuole fotografie scandalistiche o raccapriccianti, dicono i suoi fautori allargando le braccia, come contrastarla? Sembrano divisi tra i soprassalti di una dignità in letargo e la resa ai voleri di una massa che altrimenti assalterebbe le tipografie come i forni del pane nella Milano manzoniana del Seicento. Non pare una minaccia incombente. La gente, me compreso, accorre se c'è un incidente stradale, ma per farla circolare bastano due vigili. Il pubblico ha inclinazioni che l'informazione è ben lieta di appagare. In questo c'è solo la legge del profitto. Non invochiamo la legge della maggioranza. Non ci sono democratici più convinti di quelli che vedono i gusti della maggioranza coincidere con i loro interessi. Ma la democrazia non è questo. Perché il principio maggioritario non può ignorare, sui problemi etici, il dissenso minoritario.

Ne abbiamo prove molteplici nella storia recente. La legge del mercato imponeva la devastazione dell'ambiente, ma una minoranza di ecologisti ha cominciato a sottrarglielo. La speculazione edilizia, che nel dopoguerra ha distrutto paesaggi e patrimoni artistici, è stata per decenni combattuta da poche persone. Ricordo il coraggio scostante di Antonio Cederna, accompagnato spesso dalla irrisione e, ora che è scomparso, elogiato con debita impudenza da quelli che lo osteggiavano. Nessuno avrebbe immaginato il declino dei manufatti di avorio e delle pellicce pregiate, al centro di un commercio mondiale e di enormi profitti, eppure una battaglia che pareva destinata alla sconfitta sta dando i suoi frutti.

Quanto alla Storia più lontana, di solito così familiare a quelli che non la frequentano, smentisce i suoi legislatori interessati.

Per limitarci a un esempio: un mercato di proporzioni colossali, tra Cinque e Settecento, era quello degli schiavi. La Rivoluzione francese lo abolisce nelle proprie colonie e questo non sorprende. Meno ovvio che negli anni 1807-1808 il Parlamento inglese, non certo incline al contagio rivoluzionario, proibisca il traffico fiorente. Il commento di uno studioso lucido e pacato come Eduard Fueter, anche lui poco incline alla storia moralistica (nella *Storia universale degli ultimi cento anni (1815-1920)*, tradotta da Ettore Bassan per Einaudi nel 1947), è significativo:

"Questa lotta contro la schiavitù è documento tanto più caratteristico della potenza dell'idea umanitaria, in quanto essa non fu in alcun modo favorita da motivi di utilità nel senso usuale della parola. Se la legislazione inglese vietò il traffico degli schiavi, ciò non poteva che essere dannoso agli interessi del commercio britannico e soltanto moventi idealistici potevano darne la giustificazione."

La legge del mercato non ha dunque la fatalità irrevocabile della legge di gravità, come amano suggerire i suoi rassegnati quanto soddisfatti divulgatori. Porla a fondamento di una società democratica vuol dire, se sono in gioco i valori della persona, scambiare per giustizia la sua violazione. E opporsi a qualsiasi restrizione del diritto di cronaca equivale a tollerarne l'abuso.

C'è un ricatto cui abitualmente si ricorre: il pericolo di una censura ideologica o politica o confessionale. Il rispetto però della persona non riguarda la censura ma l'etica, cioè il fondamento stesso del diritto di informazione e della sua storia, anche se spesso la si ignora. La libertà di stampa è nata da esigenze etiche, non dalla intenzione di offenderle. E la sua storia non si è certo conclusa con il nostro tempo, come tendono paradossalmente a ritenere proprio gli idolatri della Storia. Correzioni dovranno essere introdotte non per limitare la libertà, ma per tutelarla.

Quello che si sta facendo, per applicare le norme sul rispetto della privacy, è un passo importante in questa direzione. Altri se ne dovranno fare e se ne faranno. Con buona pace di chi sorride tra sé, pensando alla legge del mercato e soprattutto al proprio.

✧

Ciclo continuo – Gli incendi dei boschi appiccati dagli stessi che devono spegnerli. Non è una immagine dell'Italia?

✧

Metafisica del fisco – L'Irap è una tassa che già nel nome, se omettiamo la *p* finale, si abbatte come un temibile miglioramento sui contribuenti. Sostituisce alcuni adempimenti e soprattutto la tassa sulla salute (altra espressione emblematica, imporre una tassa sulla salute: quasi una concezione del mondo).

C'è però un punto che colpisce per la sua singolarità metafisica. Noi paghiamo in anticipo le tasse su un reddito che non abbiamo ancora percepito. È una ipoteca sul domani, un segnale forte di ottimismo, almeno per il fisco. E una sorta di punizione preventiva prima di avere commesso il peccato del profitto, un purgatorio cautelare. L'anticipo prima arrivava al 98% del reddito futuro, quel 2% residuo era il doppio della lira simbolica, dunque un obolo estremo al diritto. Ma l'Irap si dovrebbe pagare sul 120% del reddito di domani e questo sfondamento del tetto (altra metafora tipica della nostra economia) diventa una svolta. Ancora timida, ma epocale, come dicono quelli che ne scoprono una alla settimana.

A questo punto avanzo una proposta per aumentare le entrate senza aumentare la pressione (è uno dei rebus che appassionano gli operatori del fisco). Portiamo a due anni l'anticipo dell'imposta. Perché fermarsi a un anno? Un po' di coraggio! La longevità si diffonde come una epidemia, lo proclamano le statistiche, tra euforia e panico. E le attese di vita, come dicono i geriatri, si dilatano. Dilatiamo gli anticipi di imposta.

Non importa che si favorisca l'esodo delle aziende. Ci sono, a coprire in parte i vuoti, gli esuli in patria. Scommettere sul futuro è come allungare la vita. La si rende più difficile, è vero, ma in caso di decesso prematuro le somme anticipate verrebbero debitamente restituite con gli interessi di legge. Non ai figli – non esageriamo con la rapidità – ma ai nipoti.

✧

Occupare un posto (nella storia o in ufficio) – Leggo nella *Vita di Napoleone* scritta da Stendhal (l'ha riproposta nel 1999 Garzanti nella eccellente traduzione di Piero Bertolucci) che il sedicenne Bonaparte sostiene nel 1785 l'esame per entrare in artiglieria; e che nel giudizio dei professori si trova questa frase:

"Còrso di origine e di carattere, questo giovane andrà lontano, se favorito dalle circostanze."

Quello che mi sorprende non è Napoleone, ma il giudizio su di lui. L'intersezione machiavellica di Virtù e di Fortuna di solito i professori la scoprono retrospettivamente, non la accreditano al futuro. Solo il valore sa riconoscere il valore. E divinarlo non è meno difficile che averlo. Oscar Wilde diceva che per essere un buon narratore basta il talento, ma per essere un buon critico ci vuole il genio. Frase che può essere interpretata in due sensi. Senso sfavorevole: quasi tutti i critici sono pessimi, visto che i geni sono rari. Senso favorevole: la buona critica è talmente difficile da essere riservata a pochi geni. In tutte e due le prospettive il giudizio scolastico su Napoleone resta geniale.

Leggo, sempre in questa *Vita*, che nella notte del 18 brumaio 1799 Napoleone, credendo fallito il colpo di Stato a Saint-Cloud, fugge al galoppo verso Parigi:

"Era ancora sul ponte, quando Murat riuscì a raggiungerlo e gli disse: 'Chi lascia il proprio posto, lo perde!'. Napoleone, restituito da queste parole a se stesso, ritorna sulla strada di Saint-Cloud."

La frase di Murat, "Chi lascia il proprio posto, lo perde!", credo sia l'insegna araldica dei politici italiani, anche se non sono Napoleone e a maggior ragione. E mi ricorda un modo ben diverso di intendere il proprio posto e la propria provvisorietà (tranne che nel talento). Lo racconta Carlo Dossi in una delle sue *Note azzurre*, pubblicate da Adelphi a cura di Dante Isella.

Il protagonista è Carlo Porta che, impiegato al Monte Napoleone, a volte si assentava dal suo posto in ufficio. In quel caso, dice il Dossi, lasciava scritto sotto il suo cappello questo distico in milanese: "De Carlo Porta l'è quest chi el cappell / quand el ghe minga lu, basta anca quell". Cerco di tradurre: "Di Carlo Porta è questo il cappello / quando lui non c'è, basta anche quello".

Dove il cappello che sovrasta come una cupola gentilizia l'epigrafe di un uomo illustre copre la perfetta sostituibilità di un impiegato, nella sua figura anonima e nella sua identità clandestina.

✧

Napoleone e Fischer – A Napoleone i contemporanei rimproveravano curiosamente un tratto che viene contestato anche a Fischer, imperatore di un altro mondo, quello degli scacchi: la maleducazione.

Quanto a Fischer, avevo chiesto a una autorità della Federazione italiana degli scacchi come mai non si facesse nulla per ricuperare al gioco un genio come il suo. Ero certo che le sanzioni contro le sue trasgressioni fossero state eccessive e ne avevo avuto immediatamente la conferma.

«È un maleducato» mi aveva risposto l'autorità.

«Sì, ma per la popolarità del gioco ha fatto di più lui che tutti gli altri. È il più grande.»

«Sì, ma è un maleducato» mi aveva risposto l'autorità.

Non so di quanta aggettivazione disponesse il mio interlocutore, ma so che gli bastava.

Anche Madame de Rémusat, vicina a Napoleone come nessun'altra a corte e come nessun'altra lontana dal capirne la grandezza, ci informa nelle prime pagine delle sue *Memorie* (cito dalla edizione Einaudi del '42, curata da Marco Lombardi):

"Napoleone manca di educazione e di buone maniere. [...] Non sa né entrare in una stanza, né uscirne; ignora il modo di salutare, di alzarsi, di sedere."

Che è un modo piuttosto singolare di restringere la scena nella quale agisce Napoleone. Eppure il primo console, come lei lo chiama in una pagina del 1803, non aveva mancato di metterla sulla buona strada:

"Confesso che non mi piace quella parola vaga e livellatrice, *convenienze*, che mettete avanti in tutte le occasioni. È una invenzione degli sciocchi per avvicinarsi o quasi alle persone intelligenti, una specie di bavaglio sociale che impaccia il forte e non serve che al mediocre. Può darsi che siano comode per voi, che non avete da fare altro di importante nella vita; ma capite bene che io, per esempio, in certe occasioni mi troverei costretto a calpestarle."

Siamo comunque grati a Madame de Rémusat, faziosa e futile, di averci restituito il Napoleone forse più immediato, credibile, irruento che in ogni altra testimonianza. Non le faceva velo l'agiografia, perché voleva combatterla. E l'avversione ha dato un sapore aspro e secco al suo stile. La cattiveria, se non propizia la letteratura della bontà, spesso fa la bontà della letteratura.

Che poi Madame de Rémusat si appellasse al buon gusto di fronte alla vitalità imprevedibile di Napoleone rientra a buon titolo nella tendenza a non valutare i grandi secondo il loro metro, ma a ridurli secondo il proprio.

Definendo Fischer un maleducato, quello scacchista si prendeva una rivincita che mai il campo gli avrebbe concesso, nemmeno in sogno. E negando a Napoleone le buone maniere, si rivalutavano, in mancanza d'altro, le proprie. È difficile acuire lo sguardo per ampliare il proprio orizzonte, quando si teme di scoprirne i limiti.

A scuola – dove si incontrano, miniaturizzati, gli idioti del futuro – un mio compagno troncava ogni discussione dicendo che la sua famiglia era la più ricca. Affermazione che non gli risparmiava i nostri sarcasmi, non esenti da frustrazione. Da adulto probabilmente ha smesso di dirlo, ma non di pensarlo.

Ognuno si consola con ciò che ha. Molti con ciò che hanno avuto: ricchezza, ascendenti, educazione, razza, nazione. Pochi invece si confortano con ciò che sono. Anche perché, essendo i migliori, di solito non se ne accontentano.

Lasciamo dunque Napoleone e Fischer – perennemente inquieti, insonni, insoddisfatti – fuori dalla serra ben riscaldata delle buone maniere. Li ricorderemo per altro.

✧

Dalì e Napoleone – Una variante felicemente comica del mito di Napoleone la scopriamo nelle prime righe della autobiografia di Dalì, sempre accusato di vendere la sua arte da colleghi che non trovavano chi comperasse la loro:

"A sei anni volevo diventare cuoco. A dieci, Napoleone. Da allora in poi le mie ambizioni sono sempre venute crescendo."

✧

Le leggi della prospettiva – Non valgono nell'ottica dei valori. I piccoli come vedono i grandi? Piccoli come loro.

✧

La vista della vecchiaia – Si comincia a invecchiare quando tutto diventa déjà vu, anche quello che non si è mai visto.

✧

Buena Vista Social Club – Ciò che emoziona nei vecchi musicisti cubani, tornati a suonare insieme dopo una eclisse di decenni, ottenendo un successo mondiale, non è solo la vitalità delle loro canzoni, ma della loro vecchiaia.

Alcuni critici del film documentario di Wim Wenders, che li ha ripresi nell'isola e in tournée, hanno parlato a questo proposito di gioventù ed è un sottile quanto ennesimo tradimento.

C'è una nobiltà antica nella loro naturalezza, una saggezza sorniona nei loro sorrisi, una capacità finalmente appresa di godere l'attimo senza dimenticare il passato e il futuro. C'è in loro una vecchiaia rara per maturità e dolcezza, per malinconia e ironia, per pause sapienti e guizzi allusivi. Che cosa c'entra la gioventù?

✧

"Quando si ritira?" – È la domanda che viene rivolta ai protagonisti dello sport, dell'arte, di ogni professione appena toccano il culmine del loro percorso.

Ricordo Louis Armstrong in una tournée europea, intervistato da un giovanotto giulivo, che gli chiede: «Quando si ritira?». «E lei, quando si ritira?» gli risponde Armstrong. Il giovanotto ride: «Fra qualche anno». «Così tardi?» gli risponde Armstrong.

✧

Il Grande Vecchio – Non conosco espressione più temibile, a proposito della vecchiaia, che quella di Grande Vecchio. Evoca querce gigantesche e sequoie destinate a sopravviverci. Non a caso la sua presenza veniva segnalata dietro la tattica degli attentati e la strategia del terrore.

Nell'arte il Grande Vecchio fa di solito quello che ha sognato da giovane: ripetere banalità davanti ad ascoltatori rapiti, contrabbandare per saggezza quello che è soprattutto cinismo.

L'eccezione, come Palazzeschi, non è mai stata chiamata Grande Vecchio. A ottantasette anni aveva pubblicato una raccolta di liriche, *Via delle cento stelle*, un risveglio stupefatto alla poesia, una riscoperta tardiva e insieme aurorale del mondo. Fondere grazia, semplicità e ironia è stato il suo estremo prodigio.

Futurista ai tempi dell'*Incendiario*, in una delle sue ultime liriche si chiede come mai, a distanza di sessant'anni, il futurismo è tornato di moda. Poi riflette che il futurismo poteva nascere solo in Italia, Paese volto al passato e dove di attualità è solo il passato. E conclude: «Ecco perché è attuale oggi il futurismo / perché anche il futurismo è passato».

✧

Gli errori irrimediabili – Non sono quelli che fai tu con gli altri, ma quelli che gli altri fanno con te. Non te li perdonano più.

✧

Ascesa e declino del fesso – Marinetti a Palazzeschi, in una lettera dell'aprile 1911:

"Lascia chiacchierare i fessi."

Fesso, in Italia, è una parola chiave. Non c'è aggettivo che lasci altrettanto trasparire controluce – nella sua ascesa tra Otto e Novecento e nel suo attuale declino – la storia di una nazione.

L'etimologia di fesso è debitamente oscena. Fessa, da *fendere* (cioè dividere, spaccare), era nei dialetti meridionali l'organo genitale femminile. Per quel percorso mentale tipicamente umano e specificamente italiano, che porta a svalutare ciò a cui si dà più valore, fesso, come minchione, è passato a ingrossare la prolifica famiglia dei genitali che si aggirano, tra orgogliosi e umiliati, nell'area semantica di stupido. Plebiscitario, ben oltre i confini regionali, il successo di *fare fesso*, cioè ingannare, truffare, frodare.

Attenzione però. Fesso ha connotazioni complesse, non prive di nobiltà, tanto che Panzini, nel suo *Dizionario moderno* del 1905, afferma che "vale stupido, di buona fede e poi galantuomo". Mi viene in mente il *ma* avversativo, collocato strategicamente da Manzoni in un giudizio pronunciato da don Ferrante ("galantuomo sì, ma acuto"), che corregge mentre afferma e afferma correggendosi: salva il galantuomo, ma insinua un dubbio letale.

Una conferma la troviamo nel *Grande dizionario della lingua italiana* del Battaglia, edito dalla Utet, che alla tradizionale sequela di contumelie riservate al fesso aggiunge: "che non sa e non vuole approfittare delle facili e vantaggiose occasioni; che è incapace di farsi valere, spesso per mantenersi fedele ai propri ideali di giustizia e di onestà (per lo più usato come ingiuria)".

Sempre confortanti le espressioni idiomatiche: *fare il fesso*, cioè fingere, se si è in difficoltà, di non capire niente; e, come locuzione esortativa, *non fare il fesso*, invito ad approfittare, senza troppi scrupoli, di una opportunità vantaggiosa. Immagino che l'appello sia diventato pleonastico per molti politici.

Ai primi del Novecento però, in un periodo in cui ci si illudeva ancora, dopo avere fatto l'Italia, di fare gli italiani, si capisce che fesso sia stato uno snodo cruciale. Giuseppe Prezzolini lo pone al centro, in antitesi con furbo, del suo *Codice della vita italiana*, pubblicato in volume dalla "Voce" nel 1921 e riproposto nel 1990 dalla Biblioteca del Vascello. Il tono di Prezzolini appare esacerbato e sarcastico, come accade alla satira quando è il frutto tossico di un amore tradito.

L'esordio ha la inesorabilità di una conclusione: "I cittadini italiani si dividono in due categorie: i *furbi* e i *fessi*."

Non si può definire il fesso. Se però "dichiara all'agente delle imposte il suo vero reddito; mantiene la parola data anche a costo di perderci, eccetera, questi è un fesso".

L'articolo 4 del *Codice* puntualizza con astuta finezza:

"Non bisogna confondere il furbo con l'intelligente. L'intelligente è spesso un fesso anche lui."

Quanto all'antiquato *dovere*, "è quella parola che si trova nelle orazioni funebri dei furbi quando vogliono che i fessi marcino con loro".

L'articolo 10, nella sua brutale *rusticitas*, puntualizza il trionfo catastrofico di questo dualismo:

"L'Italia va avanti perché ci sono i fessi. I fessi lavorano, pagano, crepano. Chi fa la figura di mandare avanti l'Italia sono i furbi che non fanno nulla, spendono e se la godono."

Circa la possibilità di un riscatto, Prezzolini non indulge alla speranza:

"Ci sono fessi intelligenti e colti, che vorrebbero mandare via i furbi. Ma non possono: 1° perché sono fessi; 2° perché gli altri fessi sono stupidi e incolti, e non li capiscono."

Il penultimo articolo ricapitola il problema nella prospettiva della economia politica:

"Il fesso si interessa al problema della produzione della ricchezza. Il furbo solamente a quello della distribuzione."

Ma solo l'ultimo spiega il successo di cui hanno goduto i politici più furbi (per usare una *caritas* lessicale):

"L'italiano ha un tale culto per la furbizia, che arriva persino all'ammirazione di chi se ne serve a suo danno."

Sulla fortuna calante dell'aggettivo fesso si potrebbero avanzare ipotesi convergenti. Una è che l'espressione "Ccà nisciuno è fesso" è qualcosa di più che una difesa personale, è una bandiera nazionale. Poi l'associazione con *fessa* esercita meno fascinazione che in passato. Caduti i tabù sessuali che ne esasperavano il desiderio, l'offerta si è ampliata in misura inversamente proporzionale alla brama maschile. Infine il sarcasmo alle spalle del fesso onesto deve oggi scarseggiare di riscontri.

Altri aggettivi si impongono con una attualità più immediata, come stupido e idiota. Al *Ritorno del Cretino* Fruttero & Lucentini hanno dedicato una trilogia memorabile.

Una osservazione generale. Non sarà senza significato che una folla così copiosa di aggettivi si raccolga intorno alla scarsa intelligenza. Al confronto l'intelligenza si trova piuttosto isolata, con pochi, ma buoni compagni. Le bastano, almeno nei dizionari.

✧

"E lasciatemi divertire" – Così Palazzeschi ai buffoni di sempre.

✧

Titoli di studio – Li si scrive sul biglietto da visita per cancellarli con un tratto, simile a un *cache-sexe* professionale: inarrivabile esempio di retorica iconografica, che evoca una finta discrezione con una diagonale. Ricordo la frase di un vecchio amico di famiglia, "Spero di valere più del mio titolo di studio", che mi pareva unire un sobrio orgoglio alla coscienza dei limiti di ogni scuola.

Mi limito perciò anch'io al nome e cognome. Per poco tempo ho creduto addirittura che risplendessero di luce propria, al di là della stretta cerchia degli addetti ai lavori. L'illusione è caduta di fronte agli addetti ai lavori che ti ignorano.

Alcune esperienze mi hanno comunque indotto a ritornare, almeno oralmente, sui miei passi.

Una mattina avevo cercato al telefono, con urgenza, il primario che doveva operare mia madre. «È in riunione!» mi aveva risposto la segretaria. «Dica che sono il professor Pontiggia!» avevo ribattuto concitato, in un accesso delirante di paranoia, come fossi il primario di un ospedale concorrente. Dopo quattro minuti parlavo con lui. Il cognome non diceva nulla, ma il titolo era bastato.

Un altro contributo mi è stato offerto da una amica, chiamiamola Monica Martini, che coordinava anni fa un teatro sperimentale. Quando voleva parlare con le cosiddette strutture dell'Amministrazione – ovvero con quei burocrati che ci riempiono di emozionata riconoscenza le rare volte che sono gentili – si limitava a dire «Sono Monica Martini», con esito insoddisfacente.

Allora aveva cominciato a premettere «Sono la

dottoressa Martini» e i progressi non erano mancati, anche se marginali.

La formula risolutiva era stata un *coup de théâtre*, quando si era presentata come la portavoce di una maestà misteriosamente remota, ma forse importante (che aveva attivato il *non si sa mai* italico!): «Sono la segretaria di Monica Martini». E subito le avevano passato la comunicazione.

✧

Guardare la musica – Uno degli spettacoli artistici più divertenti credo sia guardare alla televisione certi direttori d'orchestra. Ho detto guardare, non ascoltare. Il senso che dovrebbe essere più coinvolto, l'udito, passa in secondo piano. Non parliamo poi di quell'udito interiore che i musicologi chiamano ascolto.

Eppure il miglior modo di seguire la musica pare sia ascoltare le note nella loro successione. Su questo punto convergono le poetiche più dissonanti. Una musica che si potesse solo ascoltare, senza essere distratti dagli esecutori: era questo il sogno di Beethoven, che non sapeva di sognare la radio e i dischi.

L'estetica della pittura non ha elaborato precetto più raccomandabile che guardare il quadro con attenzione, possibilmente senza una guida che precisi gli anni del dottor Gachet e la quotazione di questo ritratto di Van Gogh nell'ultima asta (i dati che vengono afferrati con maggior rapimento).

Quanto alla poesia, non c'è poeta rispettabile che non prediliga una dizione poco drammatica, attenta invece agli echi delle parole, alla scansione ritmica dei versi, ai fatidici *enjambements* tra l'uno e l'altro, con la loro volatile funzione di separazione e di unione. Aborriti di massima gli attori, tranne quando l'autore li abbraccia, con commossa gratitudine, dopo che hanno recitato i suoi versi. Perfino Croce – pur di separare la purezza del testo dalla impurità del teatro – riabilitava la dizione monotona dei poeti contro l'enfasi fuorviante degli attori, sopraelevati dai coturni. In compenso non mancano i poeti che alla televisione diventano attori, divisi tra il giovane povero e il vate redivivo.

Oggi l'ascolto musicale, grazie all'udito visivo, tende a promiscui rapporti con l'audience. Così si vedono irrompere in sala e avanzare verso il podio direttori dal cipiglio fiero e sdegnoso, frementi per la vittoria imminente come Napoleone nella battaglia cinematografica di Austerlitz. Altre volte però in controtempo, per sconcertare gli spettatori vicini e lontani, si abbandonano languidi al sogno nei passaggi più marziali.

Gli austeri sono calchi della maschera di Beethoven, quale campeggiava nei salotti di fine Ottocento come il Loreto impagliato. La tragedia del mondo è compendiata nei tratti ieratici, bronzei, numismatici di un viso oracolare. La vista d'aquila è talora ottenebrata da un ciuffo che si abbatte sulla fronte per essere ributtato subito indietro con un estremo atto di nobiltà e di orgoglio. Alcuni sembrano arringare una orchestra riluttante. Altri le volteggiano sopra con gesti larghi e ondosi. I più romantici sudano. Di altri ancora si citano le mani, bianche, diafane. Oh, le mani!

Le fatiche del compositore, che si avventurava in lande sconosciute, sono niente rispetto ai tormenti dell'esecutore, che pure ha una certa cognizione delle vie già percorse. Per questo, nell'età della tecnica, la riproduzione ha più prestigio della produzione. E i direttori sono i primi a saperlo e, con mezzi audacemente allusivi, ad avvalorarlo. Se ne avvalorano anche le edizioni discografiche e perfino i compensi.

I leziosi invece sorridono. Sorridono prima, durante e dopo.

Gli austeri sembrano strappati dagli applausi a una trance eroica, quella che impedisce – ahimè temporaneamente – a un ferito di capire che un braccio gli è stato tranciato da un colpo di mortaio. Si riprendono a poco a poco e solo alla fine – a differenza ahimè del ferito – sorridono.

I leziosi partecipano a una festa, ammiccano al pubblico, lo prendono sottobraccio e gli mostrano con affabile familiarità, come certi collezionisti mondani, i tesori della loro pinacoteca privata, commentando di fronte a un Klee: «Simpatico, vero?».

La vita con loro ritorna una gradevole fiaba, dal lieto inizio oltre che dal lieto fine. Se ostentano trasalimenti, è per mostrare che li domano. È come se dicessero ogni volta: "Non c'è problema", frase che di solito ne preannuncia di più gravi, ma che in loro acquista una attendibilità lieve e irreale. Gli austeri trasmettono tensioni, i leziosi le attenuano.

Beethoven diceva a Schuppanzich: «Credete che pensi a un dannato violino, quando lo Spirito mi parla e scrivo ciò che mi detta?». Però l'ascolto visivo della musica indugia proprio su un dannato violinista che, posato lo strumento sulle ginocchia, si inchina a sussurrare qualcosa nell'orecchio della collega, mentre gli altri continuano a suonare. C'è forse un rapporto tra questa scena di genere e la musica? Tra i guizzi dei direttori che sembrano azzannati dai demoni e lo spartito che il povero creatore si limitava a consegnare? Capisco i ruoli diversi e la funzionalità epica del gesto. E capisco anche la difficoltà di rianimare certe orchestre in cui serpeggia, più che un entusiasmo dionisiaco, una sonnolenza burocratica. Ma non vorrei che la cultura-spettacolo si accontentasse dello spettacolo.

Non si sentano così terribilmente artisti. Prendano esempio dagli autori che stanno interpretando. Come ha scritto Chesterton, "il temperamento artistico è una malattia che affligge i dilettanti". Oggi purtroppo è una malattia che affligge anche i professionisti.

Conservino il senso delle proporzioni. Non si lascino, i migliori, corrompere dal contagio. Tutti recitiamo una parte. E quasi tutti siamo, per usare una parola etrusca, un po' istrioni (anche questo brano lo è). Il problema è di recitare una parte non troppo distante da quello che siamo.

Se gli interpreti si sentono divinità olimpiche in libera circolazione sulla Terra, come devono sentirsi i creatori? "Les pauvres enfants" li chiamava uno di loro, Apollinaire.

✧

La promozione di massa – Il pubblico delle *standing ovations*, che aspetta solo di alzarsi in piedi per passare dal ruolo di comparsa a quello di protagonista, tributando un omaggio generoso a se stesso.

✧

Arte e tirocinio – I vagoni della metropolitana, a Milano, sono diventati grovigli di linee, macchie e nomi. Lo stesso "segno" si riconosce su palazzi storici e monumenti artistici, ai giardini e al Parco.

I nuovi artisti, totalmente ignari (possiamo giurarlo) delle superfici che deturpano, vi sovrappongono con orgoglio la loro impronta. Gianfranco Ravasi denunciava, in una intervista al "Corriere della Sera", la vittoria dell'arte dei graffitari sull'arte di chi ha edificato la Biblioteca Ambrosiana. Non sto parlando dei murales, che possono essere arte, parlo dei graffitari di geroglifici informi: oggi hanno un nome, domani uno statuto, dopodomani una pensione.

Non mi colpiscono quelli che scrivono sui monumenti. Già Schopenhauer, nella silloge pubblicata da Adelphi a cura di Franco Volpi e intitolata *L'arte di insultare*, ne aveva dato un pregevole ritratto:

"È un modo di reagire, di lasciare una traccia sulla località che non ne ha lasciata alcuna in loro."

Mi colpiscono piuttosto e mi preoccupano i loro difensori, politici ed estetici, e soprattutto l'idea di creatività che coltivano. Ignorano che cosa sia un tirocinio artistico. Lo scambiano per l'illusione di una libertà illimitata, mentre perfino Picasso si limitava a dire: «Faccio quello che posso». E amano credere che l'apprendistato chieda una indulgenza complice, un incoraggiamento connivente. Chi ha sempre avuto una certa pratica dell'arte (ad esempio gli artisti) privilegia invece lo scoraggiamento, anziché l'euforia, come rito di passaggio. E, quanto agli esercizi, l'innovazione ha sempre presupposto la copia dal Museo e dalla Natura anziché la copia del proprio nome.

Corot, al giovane Odilon Redon, aveva suggerito:

«Andate tutti gli anni a dipingere nello stesso punto, copiate lo stesso albero.»

E Ingres aveva dato questi consigli – un po' laconici, ma, a detta di chi li aveva seguiti, indimenticabili – al giovane Degas, che gli aveva confessato di voler diventare un pittore:

«Fate delle linee, caro ragazzo, fate molte linee,

basandovi sul ricordo o sulla natura, è così che diventerete un buon pittore.»

Come si vede, lo sviluppo della creatività non passa per le scorciatoie dei politici. Forse sperano, liberalizzando i muri e le droghe, di inibire, soddisfacendolo, l'impulso irresistibile a infrangere un divieto. Sarebbe questa la loro fiducia nell'arte dei graffitari? E, più in generale, nell'arte?

✧

Il Paese degli instancabili – Il Paese che ha inventato la locuzione *nato stanco* è diventato il Paese degli instancabili: negli affari, in politica, alla televisione. Esseri che alla ubiquità uniscono la onnipresenza: sono dappertutto e si vedono.

L'archetipo è stato Kissinger, assistente speciale del presidente Nixon, che partecipava a un summit al Cairo mentre incontrava a Washington il segretario dell'Onu. L'avevano chiamata la diplomazia volante, dagli effetti fulminei quanto gli spostamenti. La guerra lampo veniva sostituita dalla pace lampo, forse meno durevole ma non meno gratificante.

La caduta di Nixon blocca, è il caso di dirlo, Kissinger. Credo sia stata una perdita e non solo per le compagnie aeree. Con lui la instancabilità ha dato frutti non tossici, se si pensa ai rapporti con la Cina di Mao o con l'Urss di Breznev. Meno efficace, anche se altrettanto vistosa, è invece la instancabilità dei suoi epigoni, annidati ai vertici delle imprese o nelle boutique dei partiti o negli studi della televisione. La instancabilità non è più un mezzo privato per ottenere un fine pubblico, ma un mezzo pubblico per ottenere una apoteosi privata.

Abbiamo avuto i finanzieri più irrequieti d'Europa, ma non pare che la mobilità supersonica abbia portato fortuna. Quanto agli uomini politici, piombano dal cielo in tutti i luoghi tranne che in quelli terremotati. Si può capirli, ma dovrebbero risparmiarci altri atterraggi. Alla televisione il mito più tenace è quello del mattatore. Il problema non è se il fisico regga o se l'equilibrio si spezzi. La sfida è quella della stanchezza. Del pubblico non meno che propria. I primi che parlano di pericoli da sovraesposizione come di raggi ultravioletti sono gli ultimi a evitarli. Gli occhi inebetiti dal sonno, l'entusiasmo stremato, la voce sempre più rauca o stridula nel tentativo di mostrare che non lo è: la sindrome colpisce di preferenza uomini non più giovani, ma ansiosi di diventarlo.

La voce che si incrina è appunto uno dei segnali tipici che il corpo manda all'interessato. «Il suo corpo è più intelligente di lei», commenta in questi casi lo specialista, lieto di poter dare finalmente dell'idiota al suo assistito, grazie alla immunità clinica (è stato detto anche a me). Ma l'assistito di solito non ascolta i segnali. Il miraggio di una parola magica, controllo, domina la sua mente. Nomi rassicuranti vengono addotti per giustificare le iperprestazioni: professionalità, servizio, dedizione. La psichiatria ne ha un altro, paranoia, ossia un sistema planetario di idee satelliti che ruotano intorno al sole di una idea delirante. Qui l'idea delirante si chiama insostituibilità.

A tutti gli instancabili della penisola vorremmo rivolgere un appello: riposatevi. Non siete insostituibili, soprattutto se siete instancabili. La gente, a quel punto, è già stanca di voi. Siamo stanchi degli instancabili. Lasciate che la stanchezza invada le vostre membra e ottenebri la vostra mente. Non potete neanche immaginare come la stanchezza sia favorevole al pensiero. Vi rende finalmente sensibili alla insofferenza che gli altri provano per voi e che voi non sapete di provare per voi stessi. Favorisce meditazioni salutari sulla brevità della vita. Impedisce che ai problemi più importanti voi riserviate il verbo tipico, *differire*, mentre date la precedenza ai più urgenti, cioè a tutti gli altri.

Confessate al giudice che più temete, voi stessi, di essere stanchi. È un giudice che incarna il volto dei vostri genitori, ma il vostro volto è diverso. Non obbedite loro tutta la vita, fateli scontenti. Disubbidire ai genitori, quando coltivano speranze sbagliate su di voi, è il primo passo verso la maturità. Il secondo è pensare ad altro.

Vedrete quali abissi speculativi vi spalanca l'ozio. Non rimandatelo a una settimana di ferie su un atollo nell'oceano. Non serve a nulla. È come l'intervallo tra i due tempi di una partita, dove il più temibile è il secondo. Perfino i Romani, cultori dell'azione, del *negotium*, l'avevano concepito come interruzione dell'*otium* (*nec-otium*). Dunque linguisticamente prima c'era l'*otium*, poi il *negotium*. Non sono certo che loro sarebbero d'accordo su questa successione (visto che il peggiorativo "ozioso" discende da loro), ma è significativa. Anche gli artisti più incontentabili nel loro lavoro si abbandonano a parentesi di ruminazione ipocondriaca. È stato T.S. Eliot a parlare di una loro naturale pigrizia, perché l'azione interrompe il ritmo continuato del pensiero. Certo gli infaticabili si riconoscono non in Ermes, inventore della lira, ma in Eracle, vincitore di fatiche disumane. Il premio però che lo aspetta è la follia. Forse a questo si riflette un po' meno.

Gli eroi sono stanchi è un film francese del 1955 che si ricorda soprattutto per il titolo (*Les héros sont fatigués*). Si vede che rispondeva a una constatazione. Vorremmo che per gli eroi dei nostri anni, oltre che per noi, rispondesse a un auspicio.

✧

Interviste ai funerali – «Non ho parole.» Quale occasione migliore per tacere?

Eppure non è che il prologo, quando il defunto è un uomo di teatro. Di solito seguono rimpianti catastrofici, nobilitati – agli occhi e soprattutto alle orecchie di chi li esprime – dall'alibi dell'emozione, mentre si tratta forse di scarsa familiarità con la misura. Pochi danno il contributo più accettabile in questi casi, ovvero un ricordo illuminante: preferiscono quello agiografico non per il defunto, ma per chi lo racconta. Gli attori ricorrono spesso a una intonazione straziata (ma con un copione ahimè personale). Ci sono attrici che, prossime al deliquio, lasciano pause abissali tra una battuta e l'altra, non si capisce se per trovarla o per prolungare la suspense e l'intervista. Altri irrompono con una notizia sconvolgente e soprattutto nuova, la morte del teatro, offrendo l'ultimo argomento a un tema glorioso, di natali incomparabilmente più antichi che la morte del romanzo.

Altri ancora si rifugiano in una evasione mistica, alludendo a una presenza invisibile dello scomparso. L'aggettivo che più ricorre, a proposito della morte, è "incredibile", con le varianti di "inaccettabile" e di "imprevedibile". Nessuna cerimonia come un funerale favorisce l'enfasi (anche se l'evidenza del destino comune dovrebbe ispirare il contrario) e alimenta l'euforia mortuaria. Il silenzio del defunto viene soverchiato dalla voce dei sopravvissuti.

Incredibile è piuttosto che la morte sia definita incredibile, trattandosi dell'unica certezza che resista nel tempo.

Uomo, in latino, ci riporta all'*humus*, come Adamo, in ebraico, alla terra; e se i Greci chiamavano gli uomini mortali, sottolineavano una consapevolezza ignota agli esseri superiori e inferiori. Mai il mondo classico, che pure ha creato due generi immortali, quello dell'elogio e quello dell'epitaffio, avrebbe condiviso il nostro orizzonte linguistico. Solo la nostra società può riconoscersi nella "incredibilità" della morte, che infatti nei modelli più avanzati, come vengono definiti gli Stati Uniti, viene trasformata in ibernazione materiale del defunto e in ibernazione mentale dei vivi.

Certo la morte di un uomo, di un solo uomo, può indurre a una commozione più intensa di quella suscitata dalla morte di migliaia di persone. L'India raccontata da Moravia offre una testimonianza preziosa in questo senso. Una carestia miete vittime anonime che dimentichiamo più rapidamente di una sola persona conosciuta. La morte prematura di una adolescente ispira a John Donne, nei primi anni del Seicento, gli accenti cupi e apocalittici della *Anatomia del Mondo*, dove si trasforma nella tragedia cosmica di un universo "uscito dai cardini", mentre sulla Terra tutto si dissolve nella disperazione e nel deserto. Ma ciò che è credibile in Donne non lo è più in quelle confessioni riservate a milioni di spettatori cui ci ha abituato la televisione. L'arte, secondo Coleridge, ci induce a superare l'incredulità, ma direi che certi necrologi la acuiscono.

È una beffa provvidenziale del linguaggio che quando si vuole incidere sul bronzo si disegni sull'acqua. E questo accade nelle occasioni più solenni. Si annaspa nel tentativo di esprimere quelle cose che Thomas Mann chiama eterne e che, a differenza di tutte le altre, considera inesprimibili. Lo ricorda, nel carteggio con lui, Karl Kerényi (in *Felicità difficile*, traduzione di Ervino Pocar, Il Saggiatore, 1963). Mann lascia però – a differenza di Wittgenstein e del suo elogio logico-mistico del silenzio – una eccezione:

"Eterno è il mondo delle cose che non si possono esprimere, a meno che le si esprima bene."

E qual è l'eccezione in grado di esprimerle bene? L'arte, ma anche l'uomo comune negli stati di grazia del linguaggio, nel miracolo della semplicità, nella essenzialità del dolore. Non sembra che questa sia in generale la condizione degli intervistati.

La penuria di parole adeguate, lamentata da loro in modi quasi risentiti e offesi, è spia di un altro fenomeno del nostro tempo, l'inflazione verbale. La parola non vale più perché è stata svalutata. Bisognerebbe rivalutarla, magari rinunciandovi.

Chi comincia, costernato e smarrito, "Non ho parole", dovrebbe prendersi alla lettera. L'esordio dovrebbe coincidere con l'epilogo. Penso che dell'enunciato andrebbe incoraggiato non solo l'uso, ma il rispetto.

✧

Congedo dal vitalismo – Un certo grado di depressione comunicativa, un dimesso «Sopravvivo» in risposta alla domanda «Come stai?», mi sembrano un avvio solidale alla conversazione, una tonalità civile sulla quale accordarsi.

Avevo invece una amica che alla domanda «Come stai?» rispondeva con una inflessione aggressiva «Bene, perché?». Me l'aveva detto anche dopo un parto, quasi dubitassi delle sue risorse igienistiche. Avevo dovuto evocare qualche rischio della nascita, ma sentivo che venivo scambiato per un uccello del malaugurio.

Ho smesso di frequentarla.

✧

Malattia e colpa – L'amico esoterico che ieri, quando ti ammalavi di influenza, ti chiedeva sornione: «Qual è il tuo problema?», oggi si è moltiplicato in una folla di replicanti. Non c'è sintomo di cui la psicosomatica – come viene chiamata con abbreviazione confidenziale – non offra quello che gli uomini soprattutto bramano, una spiegazione.

La conseguenza è che, se uno si ammala, la colpa è della psiche. Ma se non guarisce, la colpa è sua. Questo aumenta l'intolleranza verso le malattie croniche.

✧

Credere nella guarigione – Consente di raggiungerla. Non è più una conquista individuale, ma un miraggio collettivo, alimentato dalla industria della psicologia e della pubblicità.

Però non basta, quando si è ingessati, aderire a un programma di escursioni per riuscire a farle.

✧

La medicina e l'automobile – Ho un amico medico che crede nell'anima, ma concepisce il corpo come una macchina. La similitudine cui ricorre più spesso è l'automobile. Il telaio si logora, i pezzi vanno sostituiti, l'accensione non funziona, la pompa non aspira, il cambio non ingrana, il motore perde i colpi, il carburatore è sporco, il tubo è intasato, il serbatoio è vuoto, la batteria è scarica, le valvole sono arrugginite, i freni allentati, le candele consumate, la carrozzeria è sfasciata.

Mi domando una cosa: quando il motore sarà fuso, dove sarà l'anima?

✧

La scienza euforica – C'è una gaiezza mondana che accompagna la divulgazione scientifica.

Nell'epoca fruttuosa della comunicazione planetaria gli esperti stanno adottando uno stile sempre più paradossale e brillante. A me interessano sempre, ma a volte non so se sto leggendo un trattato sulle stringhe cosmiche o un campionario di battute di Woody Allen.

Siamo passati dallo stile gessato delle relazioni congressuali allo stile variopinto delle conversazioni da cabaret. Io penso sia un progresso per la scienza come per il cabaret, basta che non dilaghi. Non so se i libri di storia di Van Loon, popolari tra il '30 e il '50, abbiano aiutato a capirla, sono certo però che hanno aiutato a fraintenderla.

✧

Morte di un luogo comune – È curiosa la sorte del luogo comune più popolare nella nostra epoca, che l'ha creato: "Sono sparite le mezze stagioni". Non lo dice più nessuno. È stato colpito da un interdetto inquietante, quello del comico. Gli ignari che ancora lo ripetono suscitano imbarazzo e riso. Perfino i meteorologi, che ormai lo accettano, lo eludono. Prima di arrendersi l'hanno contestato per decenni, citando anomalie denunciate dall'Osservatorio di Brera nel 1908 o una primavera autunnale del 1932. Hanno esibito l'accanimento tipico degli esperti contro una evidenza di massa.

Non dimentico l'intransigenza sprezzante con cui tanti scienziati hanno confutato, nel primo dopoguerra, ogni influenza delle esplosioni atomiche sull'atmosfera, sul clima e in generale sulla vita terrestre. Mi colpiva la sospensione dogmatica del dubbio, che è comparso solo quando gli esperimenti sono stati conclusi dagli Stati Uniti e iniziati dagli altri (niente di più che una coincidenza).

Quanto alle reazioni dell'ambiente medico, già Freud aveva constatato per la psicanalisi – come Schopenhauer per la filosofia – i tre stadi con cui viene accolta una verità scomoda: prima la si ignora (la congiura del silenzio), poi la si aggredisce, poi si dice che la si sapeva già.

La novità è che il luogo comune tramonta quando l'esperienza lo smentisce. E muore quando viene accertato che è falso. Questo è l'unico che è morto perché è vero.

È un fenomeno che non ha precedenti nella storia del costume. Forse perché non ha precedenti, nella storia del clima, l'effetto serra.

È l'uomo, non la divinità o la natura, che l'ha prodotto. E, se ne è la vittima, ne è anche la causa. Per questo il luogo comune viene abbandonato da tutti, perché a nessuno piace abitarlo. Meglio riservargli l'ambiguità del riso, che è il modo in cui reagiamo alla verità quando speriamo di esorcizzarla.

✧

Kasparov vinto dal computer – Di fronte alla umiliazione di Kasparov, che piange dopo essere stato battuto a scacchi dal computer, le reazioni degli spettatori sono preziose, soprattutto per capirli.

Reazione di diffidenza. Kasparov avrebbe finto di perdere, per preparare una rivincita più remunerativa. Tipica di chi è stato truffato e sogna di diventare furbo.

Reazione di entusiasmo per *Deep Blue* (il computer ha uno di quei nomi dolci che si danno ai tornado). Tipica di chi l'ha costruito e di chi subisce una attrazione per le nuove tecnologie.

Reazione di delusione per l'uomo battuto dalla macchina. Tipica di chi avrebbe esultato se l'uomo l'avesse battuta (in altri tempi esultava per l'uomo che batteva il cavallo o l'automobile).

Reazione di delusione per gli scacchi. Tipica mia. Si è incrinata la mia immagine del gioco come sintesi – dicevano i teorici positivisti di fine Ottocento – di scienza e arte. Se un computer può, negli scacchi, fare arte, dubito che, negli scacchi, si tratti di arte, ma piuttosto di una abilità selettiva commisurata al tempo.

Se poi il computer in futuro dovesse fare arte, avrei uno sgomento ancora maggiore, perché dovrei dubitare non del significato degli scacchi, ma del significato dell'arte.

✧

Accontentarsi di un effetto – Come sono goffi quei dongiovanni che, oltre a sedurre la vittima, vorrebbero da lei un applauso per la loro bravura! Cercano di conquistarla fingendosi inesperti e di essere contemporaneamente ammirati per la loro maestria. Facciano soltanto i timidi, come tutti gli attori dichiarano di essere. Si accontentino di un solo effetto! Ottenerne due insieme è impossibile e il successo dell'uno comporta il fallimento dell'altro.

Perché non imparano dai nobili predatori che agiscono in natura? Si muovono a passi felpati, mimetizzandosi nel paesaggio e piombando sulla preda di sorpresa. E con pochi colpi bene assestati le tolgono ogni possibilità di raccontare agli altri l'incontro fatale. Non è un male che certe capacità restino nascoste. Così potrà apprenderle chi non potrà rivelarle.

Lo stesso vale per gli uomini, quando si mettono a caccia di un nemico che si sottrae al confronto. Sognano di essere riconosciuti da lui mentre scagliano la freccia. Si accontentino invece di vedere cadere l'avversario. Se anche non saprà chi l'ha scagliata, questo lo salverà dallo stramazzare?

Per il *signore* di Hegel è indispensabile il "riconoscimento" da parte del *servo*. Ma quando il duello è eluso dal nemico, basta una freccia nell'aria silenziosa, purché raggiunga il bersaglio.

✧

Linguistica antidoping – Le analisi antidoping nel mondo del calcio – volute per riparare decenni di distratta incuria ovvero di occhiuta corruzione – prevedono due esiti: o negativo o... positivo! diranno subito i "piccoli lettori", quelli cui si rivolge Collodi nelle prime righe di *Pinocchio*, per poi aggiungere: "No, ragazzi, avete sbagliato". E infatti in Italia il contrario di negativo non è positivo. Questo rozzo aggettivo, univoco, unilaterale e inequivocabile, lo possono usare i barbari ai confini, ma nella patria del diritto la colpevolezza va garantita in tutte le sue scappatoie. Il contrario di negativo è non negativo.

Siamo il Paese della litote, la figura retorica che afferma negando il contrario. La litote tradizionale è spesso tagliente e sarcastica, ma da noi ha acquistato sfumature nuove, tra cauta reticenza, omertà dissimulata e connivenza allusiva. Nelle analisi antidoping possiamo negare il negativo, ma da qui ad affermare il positivo ce ne corre!

Abbiamo abolito la certezza della pena, non ci resta che abolire la certezza della colpa. Nella nazione europea più capziosa e più problematica le leggi sono diventate le gride del Manzoni, sempre più inefficaci quanto più capillari.

✧

I cascatori – Sono gli attaccanti che, in area di rigore, là dove i falli sono puniti con il massimo della pena, hanno il dono di volare al tocco di un difensore, di scivolare a braccia aperte sull'erba come un deltaplano, di cadere all'indietro arpionati da mani invisibili, di torcersi sul prato in preda a convulsioni dolorose, finché l'arbitro non interviene indicando il dischetto, come il dio vindice di una giustizia immaginaria.

✧

Intoccabili – Gli uomini tutti di un pezzo volano in mille appena li si tocca nel punto giusto.

✧

Gli intellettuali e il calcio – Gli intellettuali oggi si riconoscono da un contrassegno: rifiutano di esserlo. Qualsiasi appellativo, ma non quello. Viene infatti associato alle immagini più scostanti: testa d'uovo, grillo parlante, ideologo di partito. Non è più di moda e per chi, come l'intellettuale, non solo è attentissimo alle mode, ma sogna di combatterle e insieme di promuoverle, è una macchia imperdonabile.

Naturalmente molti ambiscono a essere considerati intellettuali, ma sono quelli che non lo sono. Mussolini l'aveva divinato già nel 1932 (è un peccato che i suoi doni profetici non si estendessero alla politica), quando aveva inaugurato un congresso degli intellettuali: «Bisogna essere anti-intellettuali per essere intellettuali». Cioè gli intellettuali sopravvivono solo se si negano. Che è la moda d'oggi.

Una volta però (trent'anni fa) gli intellettuali, e non gli antintellettuali, erano la moda. Venivano considerati, nella loro versione mondana, una specie curiosa, irrequieta, invadente. Fellini ha tentato più volte di farne la caricatura, soprattutto in *Giulietta degli spiriti*, ed è secondo me fallito ogni volta. Il suo torto era di non ascoltare quello che dicevano gli intellettuali, ma di riprendere le loro labbra che si muovevano e di lasciare galleggiare nell'etere frammenti di discorso. Ne usciva così una caricatura del discorso intellettuale. Ma il discorso intellettuale o è intelligente o è una caricatura. Se è intelligente, è rischioso farne una caricatura. Se è una caricatura, è ancora più rischioso intensificarla. Diventa una caricatura al quadrato. Così gli intellettuali di Fellini sono credibili (ovvero appaiono, come si usa dire, *incredibili*) solo agli occhi di chi non li ha mai conosciuti.

Fellini si sarebbe più divertito – e con lui gli spettatori – se li avesse presi sul serio. Ossia se li avesse ascoltati. Ma era impaziente, giocoso, distratto dalla propria fantasia. E forse, nella sua insofferenza satirica, eludeva l'occasione più ghiotta: di lasciare che il satireggiato si consegni da sé, attraverso il proprio linguaggio. La forma più vertiginosa di ironia la si incontra nel *Satyricon* di Petronio (non di Fellini), quando Trimalcione detta, al culmine di un'orgia, il proprio epitaffio. Dove si fondono tracotanza, consapevolezza, orgoglio, superbia, trivialità, stile:

"Venne su dal nulla, lasciò trenta milioni di sesterzi. Non ascoltò mai un filosofo. Stammi bene. Anche tu."

In questo epitaffio il personaggio *si riconosce.* Ma gli intellettuali di Fellini non si riconoscerebbero nelle sue caricature. E non li riconosceremmo neanche noi. Mentre c'erano molti contrassegni in cui amavano riconoscersi. Segnali di solidarietà occulta contro il dilagare dei barbari.

Uno di questi contrassegni era l'atteggiamento di fronte al calcio.

Il calcio appariva come l'oppio, se non dei popoli, almeno delle domeniche. E la religione del calcio, che celebrava i suoi riti verbali durante la settimana, diventava una vacanza catastrofica delle masse. Ricordo il rammarico sgomento di un mio amico organico (non a me, ma al partito), quando mi aveva testimoniato una sua convinzione: che se in Italia non ci fosse stato il calcio, la situazione politica sarebbe stata diversa. La vittoria di Bartali al Tour, nel 1948, aveva distratto una sollevazione popolare dopo l'attentato a Togliatti. E il calendario del calcio domenicale assolveva, più che una funzione rituale, una funzione ipnotica. Non so che cosa direbbe oggi che la funzione si celebra alla televisione tutti i giorni. Ma non mi stupirei se, convertito, vi partecipasse anche lui.

Gli intellettuali che si appassionavano al calcio venivano guardati – diciamo così – con delusione, tranne che dai compagni di vizio. E sembravano cooperare al *Tradimento dei chierici*, come Julien Benda aveva chiamato nel 1924 il progressivo laicizzarsi della religione dei valori: un libro che tutti gli intellettuali conoscono, ma quasi nessuno ha letto, me per primo.

Naturalmente i transfughi sapevano reagire con allegria al ricatto del *rigore*, parola molto amata in quegli anni rigidi. Alcuni sottolineavano anzi la propria corruzione, con una sfrontatezza spavalda. Altri dedicavano maggior tempo alla propria droga, a conferma che le virtù si perdono rapidamente, ma non altrettanto i vizi. La risposta ambientale non era comunque confortante. E la diffidenza che li circondava induceva i tifosi a cercare la solidarietà dei pochi complici. Ricordo Vittorio Sereni che dell'Inter amava non solo la squadra, ma le bandiere. Lo riconosceva con la sua reticenza crucciata. Mi aveva confessato che una sconfitta della nostra squadra (io andavo allo stadio alle undici di mattina, per appollaiarmi nei posti migliori sulle gradinate) poteva cambiargli l'umore fino al mercoledì, quando cominciava a pensare al riscatto della domenica. E appariva ormai rassegnato a quel tratto infantile.

La svolta degli intellettuali (ancora un tradimento?) è avvenuta all'epoca del campionato mondiale vinto dall'Italia, nel 1982. Ho visto editori che fino ad allora definivano il calcio come ventidue uomini in mutande a caccia di un pallone parlare improvvisamente – come avessero ricevuto il dono della glossolalia – di fasce laterali e di interdizione a metà campo. Ho visto scrittori che ignoravano che cosa fosse il fuori gioco discettare sulla linea invisibile dei difensori. Ho visto insegnanti cultori della *civiltà nei rapporti* (divinità invocata soprattutto dalle coppie che divorziano) accanirsi con epiteti infamanti sull'arbitro. Che cosa stavano vivendo gli innamorati dell'impegno? Forse l'amore nascente per un disimpegno che da allora non ha fatto che crescere, pur tra alibi, coperture e transfert.

Oggi gli intellettuali ostentano amore per il calcio e altrettanta competenza. È anche un modo di sentire pulsare il cuore delle masse. Quando volevano cambiarle, non lo sentivano battere. Assomigliavano a certi artisti d'avanguardia che producevano per la loro emancipazione opere che le masse non avrebbero mai capito e che solo l'élite al potere collezionava.

Ora che si illudono un po' meno di guidarle, si lasciano a loro volta guidare dai propri vizi: e non si sa chi ci abbia guadagnato di più, se il calcio, le masse o gli intellettuali.

✧

Attori e valori – "Quello che mi preme è la coerenza morale, la certezza dei valori, il rifiuto del compromesso. Sapere che ciò che conta non è l'applauso degli uomini, ma l'approvazione della coscienza."

Chi è, Socrate in un bar di Corso Vittorio Emanuele? No, una spogliarellista che è diventata attrice in un film e fa le sue prime dichiarazioni ufficiali. Non c'è presentatore, attore o uomo di spettacolo che non esibisca questa eticità adamantina, questa epigrafe orale, questo epitaffio in vita, questa fedina bianca per l'eternità. Ormai sono loro i custodi della morale pubblica e privata. Neanche i politici osano tanto, almeno i migliori. I preti, non a caso, sono più sobri e dimessi.

Hypokrites era il nome greco dell'attore.

Interrogata sul proprio calendario di nudo, l'attrice aveva risposto: «Agli uomini ciò che interessa di più è il vedo e non vedo». Dove il *non* appariva un po' disorientato. E meno male che concludeva: «Basta farlo con autoironia!».

Questo punto merita una piccola chiosa.

Di solito l'ironia, più che un effetto riuscito, è una intenzione mancata. L'autoironia è ancora più difficile e rara, comporta dissociazione, tra psicologica ed etica, che richiede non meno sforzi che attitudini. Oggi però è diventata un passe-partout per ogni esibizione. Forse andrebbe citata più cautamente.

Racconta Valerio Massimo che, durante i Ludi della dea Flora, nel 55 a.C., Catone entrò in un teatro dove il popolo, accortosi della sua presenza, si vergognò di chiedere la *nudatio mimarum*, lo spogliarello delle attrici. E così prosegue:

"Avendolo saputo dal suo grande amico Favonio, che gli sedeva accanto, Catone si allontanò dal teatro per non ostacolare con la sua presenza lo svolgimento del consueto spettacolo."

Noi invece rimaniamo seduti in platea: la *nudatio mimarum* conserva, a distanza di millenni, le sue attrattive. Ma lasciate da parte, per favore, l'autoironia!

✧

La verità – Perché un passaggio come "Diciamo fino in fondo la verità" funziona sempre? Perché fino in fondo non la diciamo mai. Neanche se la preannunciamo.

✧

Sui poteri del pensiero – I più convinti della onnipotenza magica del pensiero sono i civilizzati che la irridono.

Ci sono direttori di giornale fiduciosi che un collaboratore, se passa a un concorrente, entri nel "cono d'ombra". Di solito acquista nuova luce. Gli autori che traghettano a un'altra casa editrice lascerebbero nel guado, secondo la casa che abbandonano, metà del loro valore, mentre, secondo la casa che li acquista, lo raddoppierebbero. Pare invece che il valore resti invariato. I critici che redigono classifiche di una stagione o stendono bilanci di un decennio o elaborano consuntivi di un secolo sono orgogliosi di decidere il destino di qualcuno, quando si tratta del proprio. E i letterati che elargiscono attestati di non-esistenza ai loro simili sono certi di sopprimerli. Quante volte invece li precedono, se non nella tomba, nell'oblio.

✧

Vecchi parroci – Leggo nelle *Memorie* di Alfred Loisy queste righe, relative al suo esordio come curato nella parrocchia di Broussy-le-Grand, nell'estate del 1879:

"I miei vicini più prossimi erano alcuni bravi vecchi curati, che ormai si preoccupavano solamente, come mi dicevano sorridendo, della propria salvezza, disperando di convertire i loro parrocchiani; si preparavano a una santa morte con interminabili partite a carte."

✧

Tempo pulito e tempo inquinato – È una differenza che avevo scoperto da giovane lavorando in una banca. Due ore di studio, la mattina presto, ne valevano quattro della sera, quando rientravo intossicato.

✧

Paranoia e destino – Leggo nel "Diario" di Deaglio un articolo di Vera Araujo su una storia strana.

Un fotoreporter argentino viene rapito, ucciso e bruciato vicino alla spiaggia di Pinamar nel gennaio del 1997. Il giudice che indaga, dopo avere arrestato gli esecutori dell'omicidio, arriva al probabile mandante. È Alfredo Yabran, potentissimo uomo d'affari libanese, amico del presidente Menem e simbolo per molti argentini della corruzione mafiosa. Yabran però, quando sta per essere arrestato in una delle sue *haciendas*, si uccide sparandosi un colpo in bocca.

Aveva fatto uccidere il fotoreporter per avere pubblicato sulla rivista "Noticias" alcune sue fotografie in compagnia della moglie, sulla spiaggia di Pinamar. Yabran aveva una paura paranoica di essere fotografato: «Farmi una fotografia è come spararmi in testa». Quelle fotografie sono la prima e unica immagine di Yabran e sono costate la vita prima al fotografo e poi al suo soggetto.

Ciò che mi colpisce non è tanto la paura che rubare l'immagine equivalga a rubare la vita. Nell'età della comunicazione di massa è un aspetto del pensiero primitivo, a conferma che l'etnografia più stupefacente riguarda l'uomo civilizzato. Mi sorprende piuttosto un altro aspetto: e cioè che la paura era giustificata. La paranoia si impone talmente alla realtà che la realtà le dà ragione. Yabran muore a causa di quelle fotografie.

✧

Sul sentimento più negato e più perseguitato – Sono rare le persone che, raggiunto un modesto successo, non si affrettino a dichiarare, con orgoglioso panico, di essere circondate da invidiosi. Sembra che la popolazione italiana sia divisa in due parti, gli invidiati e gli invidiosi. Ed è una consolazione cara ai primi quanto una discriminazione invisa ai secondi.

Che tutto si perdoni in Italia tranne il successo, è un paradosso diventato luogo comune. Ma che alla radice si trovi sempre l'invidia, non direi sia altrettanto scontato. C'è ad esempio una insofferenza fisiologica verso chi è onnipresente nello spettacolo o nella informazione. Gli esperti parlano di immagine sovraesposta. Il narcisismo degli interessati li sottrae a una salutare ripugnanza verso se stessi. Ma il pubblico neutrale reagisce con la noia o con la nausea. C'è forse un rapporto con l'invidia, come sostengono pervicacemente gli interessati? Direi che c'è un rapporto con la statistica.

Spesso si chiama invidia la reazione a una ingiustizia. In certi concorsi si invidiano, più che le qualità del vincitore, gli appoggi di cui dispone. E se in un premio i giurati anteporranno al valore la mediocrità, come pensa di solito il secondo arrivato, non incarneranno forse il tradimento (o la conferma) della vita?

Infine bisogna riconoscere che l'insuccesso è simpatico. La maggior parte vi riconosce l'esito delle proprie aspirazioni. Mi ricordo che a scuola, nei compiti in classe, prendevo voti alti e manifestavo la mia gioia al mio preoccupato compagno di banco, convinto che la condividesse. Una volta mi spiegò che la trovava insopportabile. A distanza di anni capisco come avesse ragione.

✧

Pensare in grande – Hanno chiesto a due nani gemelli, manager tra i più importanti degli Stati Uniti, qual è il segreto della loro ascesa. «Pensare in grande» hanno risposto. Che per due nani deve comportare qualche invenzione ulteriore.

La tendenza comune è infatti di pensare in piccolo, atteggiamento che viene considerato prudenziale. La prima dichiarazione dei vincitori miliardari, a quelle lotterie di cui il biscazziere è lo Stato, è che continueranno a lavorare come prima. Operai prossimi alla pensione affermano di voler completare gli anni di servizio.

Non so se manterranno queste promesse. E capisco che lo facciano per rispetto non tanto del futuro, quanto del passato. L'orgoglio che mostrano verso una vita di lavoro è antitetico al risentimento di chi retrospettivamente la disprezza, dilapidando il patrimonio improvviso (non è pensare in grande, è un pensare sprovveduto).

Stare al passo dei cambiamenti di condizione non è mai né agevole né spontaneo.

Gli avari, ad esempio, concentrati, più che sulla detenzione del denaro, sulla sua ritenzione, non cambiano comportamento anche se cambiano reddito. L'espansione grandiosa del patrimonio non pare abbia modificato in Paul Getty maturo una abitudine giovanile: quella di imporre ai suoi ospiti il pagamento di un gettone, se volevano telefonare da casa sua.

Uno scrittore di eccezionale successo, molti anni fa, mi parlava di pomeriggi canicolari, al suo esordio, quando firmava copie dei suoi libri in località turistiche della costa. Ricordava strade con il sole a picco, sotto ripari di fortuna, e il logorante smercio di poche copie a passanti prostrati. Era però convinto che quei lettori gli sarebbero rimasti per sempre fedeli.

L'aspetto più sconcertante era che proseguiva in un proselitismo itinerante anche quando il numero dei lettori si era moltiplicato per decine di migliaia. E dedicando troppo spazio a questo reclutamento, si illudeva di essere un amministratore di se stesso, mentre ne diventava il liquidatore.

Vivere in sintonia con i mutamenti di stato è forse ancora più difficile che ottenerli. Così si incontrano direttori che non hanno abbandonato la divisa di commessi e colonnelli che portano ancora le stellette di sergenti.

✧

Rocambole 2000 – Chi sia stato condannato agli arresti in clinica può adottare l'ultimo sistema per fuggire: mettersi su una sedia a rotelle.

L'ha usato in Inghilterra il generale Pinochet, che sembrava un cumulo informe di rovine sospinto su un carrello da un operatore ecologico. Al ritorno in patria si è alzato, improvvisamente miracolato, all'aeroporto di Santiago ed è corso ad abbracciare l'Esercito, incarnato da una divisa. E l'ha usato a Cassino il boss della camorra Carmine Giuliano, che si è alzato all'alba, *intra moenia*, dalla sua carrozzella ed è sparito *extra moenia* eludendo il controllo di carabinieri e poliziotti. Si davano infatti diligentemente il cambio, lasciando però scoperti taluni intervalli, forse per non apparire troppo fiscali. Un detenuto ha il diritto, almeno in clinica, di non sentirsi in prigione e lui infatti è uscito dalla porta.

I giornali hanno definito rocambolesca la sua fuga, ma questo significa che Rocambole, l'inafferrabile protagonista dei romanzi di Ponson du Terrail, viene ormai ricercato solo dai bibliofili, innamorati delle copertine. Di avventuroso nell'età della programmazione (arresti e fughe inclusi) è rimasto poco.

✧

Cuore italiano – Si sta attenuando quella che è stata definita la pornografia del perdono.

Genitori ai quali era appena stato ucciso il figlio venivano incalzati da intervistatori zelanti: «Allora, perdonate?». Neanche fosse la conciliazione di una multa. Quella moda alimentava riflessioni gravi di esperti (così venivano chiamati), che discettavano sul superamento ideologico della vendetta. «Ma la giustizia?» chiedeva qualche parente angosciato. Domanda che cadeva in un silenzio carico di paternalistica comprensione.

Ora il vento sta cambiando direzione. La meteorologia sociale è più instabile e aleatoria di quella atmosferica. Il perdono è diventato meno popolare, meno chiacchierato nei dibattiti e nelle tavole rotonde. Merito di una visione più equanime, di una considerazione più equilibrata dei valori in gioco? Ne dubito.

Io credo che il merito vada attribuito all'aumento della offerta. Finché il perdono dovevano concederlo poche vittime, si invocava questo atto di coscienza etica (altrui). Ma ora che rischiamo di diventare noi le vittime, grazie all'incremento dei criminali sulla via del ricupero, invochiamo a viso fermo che vadano sì perdonati, ma dopo avere scontato la pena.

La gara ad assolvere e a perdonare – sempre però per controfigura – viene spesso associata al buon cuore italiano. Io credo dipenda piuttosto dalla sua corruzione. Siamo talmente inclini alla transazione, alla elusione, alla collusione che una Giustizia inquietante, in grado di applicare le sue pene e di farle scontare fino in fondo, si trasforma comunque in una ingiustizia distributiva.

Un detenuto che abbia trascorso in carcere sette anni ci sembra abbia diritto ad averne altrettanti decurtati. Chi sconta la pena intera diventa un eroe. E questa longanimità si accentua nei politici, abituati al compromesso, ai patteggiamenti, agli sconti, ai colpi di spugna.

"Chi tra gli uomini sarebbe giusto, se non avesse paura di nulla?"

Lo chiede Atena, nelle *Eumenidi* di Eschilo, quando fonda di fronte all'Acropoli, sulla collina di Ares, l'Areopago, il tribunale delle cause più gravi degli ateniesi.

Domanda da meditare, anche perché Eschilo non allude all'*Uomo delinquente* di Lombroso, ma a tutti noi. E nel verso precedente Atena aveva consigliato di non allontanare dalla città *to deinon* ovvero la paura della pena.

Ma eravamo nell'Atene del V secolo avanti Cristo! Già li sento. Non nell'Italia d'oggi! I tempi sono cambiati!

✧

Bill Gates e il supporto cartaceo – Una libraia, intervistata alla Fiera del Libro di Torino, è (o non è) caduta in un lapsus. Ha detto: «Il calo fisiologico dei lettori continua». Che cosa voleva dire, inarrestabile? Oppure inevitabile? No, probabilmente voleva dire, come ha detto, fisiologico, cioè naturale, normale, prevedibile. E che cosa può mutare il corso della fisiologia, se non la patologia? Dobbiamo sperare nella patologia, per fermare la discesa fisiologica delle vendite? Alcuni già lo fanno, stampano e presentano libri come se non fossero libri.

Vedo in televisione un esperto multimediale. È un giovane che avevo già notato anni fa, indossava un vestito bianco, sembrava un airone pronto, più che a spiccare il volo, a rimanere a terra e a parlare di comunicazione telematica come fosse uno scioglilingua. È simpatico, affabile, furbesco, conversa con noi da una postazione del Tremila. Ci chiama: "Gli innamorati del supporto cartaceo". Immagino voglia dire i lettori di libri.

A questo punto dove trovare conforto, se non in un libro? Si intitola *La strada che porta a domani*, tradotto per Mondadori da Daniele Caroli e Franco Zanetti e scritto da Bill Gates, che ha fondato la Microsoft Corporation per realizzare il sogno adolescente di "un personal computer su ogni scrivania e in ogni casa".

E che cosa trovo nella Premessa? Anzitutto che il suo sogno, questa volta tutto da realizzare, è di scrivere un libro autobiografico quando si sarà ritirato dagli affari. Poi scopriamo che al suo autore "*piace* leggere su carta" (il corsivo è suo). E ancora: "Confesso che le molteplici revisioni di questo testo sono state fatte con carta e penna".

Poco prima aveva osservato:

"Il libro, la rivista o il quotidiano basati su carta hanno ancora parecchi vantaggi rispetto al loro corrispettivo digitale. Il giornale su carta si legge meglio, ha una buona risoluzione, si trasporta facilmente ed è facile da usare. Il libro è piccolo, leggero, ad alta risoluzione e a basso prezzo, rispetto al costo di un computer o di un apparecchio informatico necessario per leggere un documento digitale."

Nelle profezie di Bill Gates i narratori godranno di uno statuto diverso, non si capisce se privilegiato o punitivo:

"Tra i vari generi di documenti cartacei, i libri di narrativa sono gli unici che non trarranno beneficio dall'organizzazione elettronica. Quasi tutti i testi di consultazione hanno un indice. I romanzi invece no. I romanzi sono *lineari*."

Non so in quale accezione Bill Gates usi l'aggettivo "lineare". Non mi persuade in nessuna. Tutte le definizioni del romanzo sono sorprendenti. Quello però che dice sul futuro del libro contrasta con gli apologeti occulti della sua scomparsa. Certo la seconda rivoluzione della comunicazione, come la chiama, sarà importante quanto l'invenzione della stampa, se non della scrittura, e cambierà radicalmente la vita collettiva, oltre a quella del libro. Ma non sarà la sua fine.

Guardo a conferma, nell'indice analitico del libro di Bill Gates, la voce libro e ho un'ultima, amara sorpresa: non c'è.

✧

Il libro come esperienza – Il libro, come il giornale, vede quotidianamente eroso un predominio che alla fine dell'Ottocento aveva probabilmente raggiunto l'estensione maggiore. Oggi non si deve difendere una esclusiva impossibile, ma una idea di cultura nella quale una civiltà si riconosce.

Non parlo del libro come oggetto perfetto (non ho dubbi in proposito) del quale siamo tutti innamorati: e mai come in questo caso l'aggettivo tutti, che abbraccia generalmente una parte, ne indica una tanto piccola. Né voglio cadere nella tentazione di evocarne la bellezza, la piacevolezza al tatto, il fruscio delle pagine, i profumi afrodisiaci, le delizie di cui i bibliofili tessono gli elogi, oggi prossimi ad assumere i colori crepuscolari della nostalgia, comunque prematura. Io non credo che il libro cesserà di essere una fonte di felicità, come la dieta degli astronauti – tanto per rimanere nel campo del nutrimento – non eclisserà la grande cucina delle tradizioni regionali.

Noi dobbiamo piuttosto difendere l'immagine della cultura che il libro esprime rispetto ad altre fonti di sapere. E la lettura come esperienza che non coltiva l'ideale della rapidità, ma della ricchezza, della profondità, della durata. Una lettura amante degli indugi e dei ritorni su di sé, aperta, più che alle scorciatoie, ai cambi di passo che assecondano i ritmi della mente e vi imprimono le emozioni e le acquisizioni. È in questa esperienza del libro che il libro diventa una esperienza essenziale.

✧

La mostra di Iside – Visita alla mostra di Iside a Palazzo Reale. Emozione di scoprire che l'antichità esiste.

Vedere trasformata in oggetti una parte del nostro mondo interiore significa dimenticare quel senso potente di *irrealtà* che la cultura scritta irradia e che contribuisce alla pericolosità del suo fascino. La parola illumina quanto occulta, vivifica quanto silenziosamente sopprime. Abbiamo letto tanto sui culti di Iside che alla fine sono scomparsi. Sono diventati carta: libri, articoli, pagine, paragrafi, citazioni, bibliografie, *cfr.*

Qui *vediamo* che gli uomini credevano a Iside e per lei scolpivano statue e coniavano medaglie e fabbricavano i sistri tipici del suo culto. Erano piccoli strumenti, generalmente di bronzo, che, agitati, producevano un crepitio di suoni. Per me erano parole di sei lettere. Ora invece, in una teca di vetro con luce polarizzata, ritornano, se non a vibrare, almeno a produrre echi nella mente.

La materialità degli oggetti, che è l'aspetto più ovvio della mostra, è il più imprevedibile. Iside esiste. Ne abbiamo la certezza perché ce lo dice non la *memoria culturale* delle didascalie, ma il senso di cui ci fidiamo di più, la vista. E ce lo direbbe anche il tatto, se solo potessimo toccare ciò che si deve esclusivamente vedere.

Mi accorgo di avere usato un verbo fuorviante quale "dire", per una esperienza che elude proprio il ricorso alla parola. Ma vivendo in un nuovo universo illusorio, quello della comunicazione, non stupisce che un verbo come "dire" acquisti una invadenza sospetta. Crediamo che vivere sia comunicare, che amare sia condividere un codice, che il mondo sia un sistema di segni di cui continuiamo a decifrare i significati, tranne l'ultimo. Non capisco perché sia rassicurante, ma agisce da sedativo. Ci conforta misteriosamente che il mondo sia l'interpretazione di ciò che gli uomini interpretano come mondo.

Invece l'immediatezza della vista, questa esperienza dei sensi, ci risveglia dal quietismo interiore della parola scritta, dal suo potere ipnotico. Mi ricordo una poesia in cui W.B. Yeats immagina lo sgomento di un filologo, se all'improvviso si vedesse davanti, "vivo", il suo Catullo.

Una statua di giada di Iside ci appare come una presenza finalmente inesplicabile. Gli uomini che l'hanno creata credevano. Noi in che cosa crediamo? È questo ciò che di più importante ci dice la statua. Anzi, non ce lo dice. Ce lo comunica in silenzio. No, neanche. La statua *è* questo.

Nota

Molti capitoli sono il frutto di riscritture e rielaborazioni, attraverso tagli, integrazioni e ampliamenti, di testi apparsi sul supplemento culturale del "Sole 24 Ore".

G.P.

Nota bibliografica

Giuseppe Pontiggia (Como 1934 – Milano 2003), narratore e saggista, ha pubblicato le seguenti opere:

La morte in banca («Quaderni del Verri», 1959; II edizione riveduta e ampliata Mondadori, Milano 1979; III edizione riveduta e ampliata Oscar Mondadori, Milano 1991, 2003)

L'arte della fuga (Adelphi, Milano 1968; II edizione riveduta e ampliata Adelphi, Milano 1990)

Il giocatore invisibile (Mondadori, Milano 1978; Oscar Mondadori, Milano 1989, 2001)

Il raggio d'ombra (Mondadori, Milano 1983; II edizione riveduta e ampliata Oscar Mondadori, Milano 1988, 2002)

Il giardino delle Esperidi (Adelphi, Milano 1984)

La grande sera (Mondadori, Milano 1989; Premio Strega 1989; II edizione riveduta Oscar Mondadori, Milano 1995, 2001)

Le sabbie immobili (Il Mulino, Bologna 1991; Premio Satira politica – Forte dei Marmi 1992)

Vite di uomini non illustri (Mondadori, Milano 1993; Premio Super Flaiano 1994; Oscar Mondadori, Milano 1999, 2001, 2003)

Portrait de l'artiste de taille (édition bilingue Tour de Babel, Parigi 1995)
L'isola volante (Mondadori, Milano 1996; Oscar Mondadori, Milano 2002)
I contemporanei del futuro. Viaggio nei classici (Mondadori, Milano 1998; Oscar Mondadori, Milano 2001)
Nati due volte (Mondadori, Milano 2000; Premio Campiello 2001, Oscar Mondadori, Milano 2002)
Prima persona (Mondadori, Milano 2002, Oscar Mondadori 2003)

Le sue opere sono state tradotte in numerosi paesi europei ed extraeuropei.

Traduzioni

Bonvesin da la Riva, *Le meraviglie di Milano*, prefazione di Maria Corti, Bompiani, Milano 1974
Decimo Magno Ausonio, *La Mosella*, Verba Edizioni, Milano 1984

Scritti su Giuseppe Pontiggia

U. Marvardi, in «La Fiera letteraria», 5 febbraio 1961
M. Ferronato, in «Letture», XXIII, 12, dicembre 1968
P. Dallamano, in «Paese Sera», 2 febbraio 1969
V. Vettori, in «Il Telegrafo», 6 febbraio 1969
R. Barilli, in «Corriere della Sera», 13 febbraio 1969
G.C. Ferretti, in «Rinascita», VIII, 21 febbraio 1969
G. Testa, in «Quindici», XV, marzo 1969
G. Cristini, in «Avvenire», 21 marzo 1969
L. Anceschi, in «il Verri», 32, 1970
A. Contò, in «Quinta generazione», 1978
R. Minore, in «Il Messaggero», 7 marzo 1978
L. Mondo, in «La Stampa», 10 marzo 1978
C. Marabini, in «Il Resto del Carlino», 16 marzo 1978

P. Dallamano, in «Paese Sera», 19 marzo 1978
G. Nascimbeni, in «Corriere della Sera», 19 marzo 1978
M. Pancera, in «Corriere d'informazione», 25 marzo 1978
G. Raboni, in «Tuttolibri» (suppl. a «La Stampa»), 25 marzo 1978
A. Giuliani, in «la Repubblica», 2 aprile 1978
M. Corti, in «Il Giorno», 2 aprile 1978
D. Porzio, in «Panorama», 4 aprile 1978
G. Mameli, in «L'Unione sarda», 8 aprile 1978
G. Pampaloni, in «il Giornale», 9 aprile 1978
W. Mauro, in «Il Popolo», 15 aprile 1978
N.F. Poliaghi, in «Arena di Pola», 18 aprile 1978
W. Pedullà, in «Avanti!», 19 aprile 1978
P. Milano, in «L'Espresso», 23 aprile 1978
R. Cantini, in «Epoca», 25 aprile 1978
G. Finzi, in «Giorni e vie nuove», 26 aprile 1978
G. Bonura, in «Avvenire», 27 aprile 1978
C. Del Teglio, in «La Provincia», 28 aprile 1978
E. Fabiani, in «Gente», 29 aprile 1978
F. Gianfranceschi, in «Il Tempo», 5 maggio 1978
C. Fruttero, F. Lucentini, in «La Stampa», 6 maggio 1978
B. Maier, in «Il Piccolo», 3 giugno 1978
C. Toscani, in «Il Ragguaglio librario», XLV, 6, giugno 1978
G. Pandini, in «Gazzetta di Parma», 8 giugno 1978
G. De Rienzo, in «Famiglia Cristiana», 11 giugno 1978
M. Cucchi, in «l'Unità», 12 giugno 1978
M. Prisco, in «Oggi», 17 giugno 1978
V. Faggi, in «Giornale di Brescia», 21 luglio 1978
G. Imperatori, in «Gazzetta di Padova», 21 luglio 1978
C. Sgorlon, in «Il Gazzettino», 14 settembre 1978
G. Manganelli, in «Tuttolibri» (suppl. a «La Stampa»), 2 dicembre 1978

F. Zangrilli, in «The Canadian Journal of Italian Studies», 1979
M. Cucchi, in «Il Giorno», 1 aprile 1979
G. Raboni, in «Tuttolibri» (suppl. a «La Stampa»), 7 aprile 1979
C. Del Teglio, in «La Provincia», 15 aprile 1979
G. Gramigna, in «Corriere della Sera», 15 aprile 1979
F. Gianfranceschi, in «Il Tempo», 20 aprile 1979
G. Mameli, in «L'Unione sarda», 21 aprile 1979
R. Minore, in «Il Messaggero», 25 aprile 1979
O. Cecchi, in «Rinascita», 27 aprile 1979
I. Scaramucci, in «Il Ragguaglio librario», XLVI, 5, maggio 1979
F. Piemontese, in «Paese Sera», 6 maggio 1979
C. Toscani, in «Brescia oggi», 8 maggio 1979
G. Bonaviri, in «La Gazzetta del Popolo», 24 maggio 1979
C. Del Teglio, in «Como», 2, estate 1979
G. Amoroso, in «Gazzetta del Sud», 8 giugno 1979
C. Marabini, in «Il Resto del Carlino», 23 giugno 1979
M. Abbate, in «Gazzetta del Mezzogiorno», 29 giugno 1979
B. Maier, in «Il Piccolo», 3 luglio 1979
M. Grasso, in «Messaggero veneto», 6 luglio 1979
V. Gazzola-Stacchini, in *La letteratura italiana. Storia e testi*, (a cura di C. Muscetta), vol. X, t. I, Bari, Laterza 1980
N. Majellaro, in «Nuova Corrente», 82-83, 1980
D. Marcheschi, in «Moderna Språk», Nacka, 1980 e in «Rassegna Lucchese», 6, 1981
D. De Camilli, in «Italianistica», X, 1, gennaio-aprile 1981
P. Ruffilli, in «Il lettore di provincia», XII, 45-46, giugno-settembre 1981

L. Lattarulo, in *La ricerca narrativa tra logica e misticismo*, Edizioni Carte Segrete, Roma 1982
G. Amoroso, in *Narrativa italiana 1975-1983 con vecchie e nuove varianti*, Mursia, Milano 1983
G. Bettin, in «Linea d'ombra», 2, 1983
G.C. Ferretti, in *Il bestseller all'italiana*, Laterza, Bari 1983
A. Giuliani, in *Autunno del Novecento*, Feltrinelli, Milano 1983
E. Siciliano, in *Racconti italiani del Novecento*, Mondadori, Milano 1983
C. Del Teglio, in «La Provincia», 27 marzo 1983
G. Mariotti, in «L'Espresso», 27 marzo 1983
C. Toscani, in «Il Piccolo», 2 aprile 1983
F. Gianfranceschi, in «Il Tempo», 8 aprile 1983
G. Testa, in «L'Ora», 8 aprile 1983
E. Croce, in «La Nazione», 9 aprile 1983
A. Giuliani, in «la Repubblica», 10 aprile 1983
C. Sgorlon, in «il Giornale», 10 aprile 1983
G. Cherchi, in «Il manifesto», 13 aprile 1983
P. Citati, in «Corriere della Sera», 13 aprile 1983
L. Surdich, in «Il Secolo XIX», 13 aprile 1983
C. Marabini, in «Il Resto del Carlino», 14 aprile 1983
M. Grasso, in «Giornale di Sicilia», 15 aprile 1983
A. Guglielmi, in «Paese Sera», 15 aprile 1983
W. Pedullà, in «Avanti!», 15 aprile 1983
M. Silvera, in «Vogue Italia», 15 aprile 1983
L. Mondo, in «Tuttolibri» (suppl. a «La Stampa»), 16 aprile 1983
R. Crovi, in «Il Giorno», 17 aprile 1983
G. Raboni, in «Il Messaggero», 20 aprile 1983
F. Piemontese, in «Il Mattino», 21 aprile 1983
O. Cecchi, in «Rinascita», 22 aprile 1983
L. Simonelli, in «La Domenica del Corriere», 22 aprile 1983
G. Pandini, in «Giornale di Brescia», 30 aprile 1983

A. Porta, in «Alfabeta», 48, maggio 1983
L. Grazioli, in «Bergamo-oggi», 3 maggio 1983
R. Bertacchini, in «La Notte», 4 maggio 1983
R. Quadrelli, in «Prospettive Libri», 4 maggio 1983
G. Bonura, in «Avvenire», 5 maggio 1983
A. Scurani, in «Letture», XXXVIII, 5, maggio 1983
F. Brevini, in «Libera Stampa», 7 maggio 1983
D. Porzio, in «Panorama», 9 maggio 1983
R. Cantini, in «Epoca», 13 maggio 1983
O. del Buono, in «L'Europeo», 21 maggio 1983
G. Marrone, in «Il Giornale di Sicilia», 1 giugno 1983
G. Vizzari, in «L'Umanità», 5 luglio 1983
L. Meneghelli, in «L'Arena», 7 luglio 1983
L. Lattarulo, in «Rivista Europea», V, 17, novembre 1983
C. Viviani, in «Lunarionuovo», 27, novembre-dicembre 1983
G. Tedeschi, in «Giornale di Lecce», 1 dicembre 1983
L. Fontanella, in «Gradiva», 1/New Series, 1984
D. Marcheschi, in «Rassegna lucchese», 19-20, 1984
M. Forti, in «Nuova Antologia», 2149, gennaio-marzo 1984
G. Rugarli, in «Rivista milanese di economia», 10, aprile-giugno 1984
A. Guglielmi, in «Paese Sera», 23 maggio 1984
R. Minore, in «Il Messaggero», 26 maggio 1984
E. Siciliano, in «Corriere della Sera», 30 maggio 1984
F. Zangrilli, in «Rivista di studi italiani», II, 1, giugno 1984
F. Piemontese, in «Il Mattino», 1 giugno 1984
G. Raboni, in «Rinascita», 2 giugno 1984
C. Del Teglio, G. Dego, A. Longatti, in «La Provincia», 10 giugno 1984
V. Faggi, in «Giornale di Brescia», 12 giugno 1984
C. Marabini, in «Il Resto del Carlino», 17 giugno 1984
C. Sgorlon, in «il Giornale», 17 giugno 1984

C. Fantazzi, in «World Literature Today», 58, 3, estate 1984
G. Finzi, in «Avvenire», 7 luglio 1984
G. Mameli, in «L'Unione sarda», 7 luglio 1984
L. Mondo, in «Tuttolibri» (suppl. a «La Stampa»), 14 luglio 1984
G. Giudici, in «L'Espresso», 15 luglio 1984
L. Piccioni, in «Il Tempo», 20 luglio 1984
R. Crovi, in «Il Giorno», 22 luglio 1984
C. Maffi, in «Il Borghese», 29 luglio 1984
G. Tedeschi, in «Il Popolo», 1 agosto 1984
P. Gibellini, in «il Giornale», 5 agosto 1984
D. Porzio, in «Panorama», 6 agosto 1984
C. Toscani, in «Il Piccolo», 6 agosto 1984
S. Giovanardi, in «la Repubblica», 11 settembre 1984
M. Cucchi, in «l'Unità», 20 settembre 1984
G. Pandini, in «Gazzetta di Parma», 27 settembre 1984
F.L. Galati, in «L'Osservatore Romano», 1 ottobre 1984
S. Addamo, in «La Sicilia», 5 ottobre 1984
A. Girola, in «Corriere della Provincia», 5 novembre 1984
C. Del Teglio, in *Leucensia*, Editrice C.B.R.S., Lecco 1985
R. Minore, in *Il gioco delle ombre*, SugarCo, Milano 1985
G. Spagnoletti, in *La letteratura del nostro secolo*, Mondadori, Milano 1985
F. Tempesti, in «Poliorama», 3, 1985
A. Ederle, in «L'Arena», 21 febbraio 1985
I. Scaramucci, in «Il Ragguaglio librario», LII, 4, aprile 1985
F. Bouchard, in «La Quinzaine littéraire», 450, 1-15 novembre 1985
A. Rinaldi, in «L'Express», 15-21 novembre 1985
G. Orelli, in «Azione», 19 dicembre 1985
C. Viredaz, in «Journal de Genève», 28 dicembre 1985
A. Pietropaoli, in *Ai confini del giallo. Teoria e analisi della*

narrativa gialla ed esogialla, Edizioni Scientifiche Italiane, Napoli 1986
F. Zangrilli, in «Quaderni d'italianistica», VII, 2, autunno 1986
G. Manacorda, in *Letteratura italiana d'oggi 1965-1985*, Editori Riuniti, Roma 1987
L. Lattarulo, Introduzione a G. Pontiggia, *Il raggio d'ombra*, II edizione riveduta e ampliata, Oscar Mondadori, Milano 1988
G. Cherchi, in «l'Unità», 3 febbraio 1988
G.C. Ferretti, in «Panorama», 27 marzo 1988
C. Prévost, in «L'Humanité», 8 giugno 1988
R. de Ceccatty, in «La Quinzaine littéraire», 511, 16 giugno 1988
M. Grazier, in «Télérama», 18 giugno 1988
A. Moravia, in «Corriere della Sera», 24 luglio 1988
J.-N. Pancrazi, in «Le Monde», 29 luglio 1988
D. Marcheschi, Introduzione a G. Pontiggia, *Il giocatore invisibile*, Oscar Mondadori, Milano 1989
C. Altarocca, in «La Stampa», 15 aprile 1989
R. Minore, in «Il Messaggero», 15 aprile 1989
G. Amoroso, in «Gazzetta del Sud», 25 aprile 1989
A. Longatti, in «La Provincia», 25 aprile 1989
A. Grasso, in «Il Secolo XIX», 29 aprile 1989
A. Moravia, in «Corriere della Sera», 3 maggio 1989
G. Bonura, in «Avvenire», 6 maggio 1989
L. Canali, in «Paese Sera», 7 maggio 1989
C. Marabini, in «Il Resto del Carlino», 9 maggio 1989
L. Mondo, in «La Stampa», 9 maggio 1989
B.P. Boschesi, in «Il mattino dell'Alto Adige» e in «L'Adige», 11 maggio 1989
R. Ceserani, in «Il manifesto», 11 maggio 1989
V. Faggi, in «Giornale di Brescia», 11 maggio 1989
A. Cattabiani, in «Il Sabato», 13 maggio 1989

S. Campailla, in «Il Messaggero veneto», 14 maggio 1989
G. Gerosa, in «Il Giorno», 14 maggio 1989
G. Pampaloni, in «il Giornale», 14 maggio 1989
C. Toscani, in «Brescia oggi», 14 maggio 1989
G. Rugarli, in «Il Messaggero», 15 maggio 1989
S. Addamo, in «La Sicilia», 16 maggio 1989
G. Lagorio, in «l'Unità», 17 maggio 1989
M. Picchi, in «L'Espresso», 21 maggio 1989
C. Sgorlon, in «Corriere di Pordenone» e in «Il Piccolo», 21 maggio 1989
A. Giuliani, in «la Repubblica», 25 maggio 1989
L. Piccioni, in «Il Tempo», 26 maggio 1989
M. Coretti, in «Il banco di lettura», II, 4, giugno 1989
E. Golino, in «Millelibri», giugno 1989
L. Lattarulo, in «Il Nuovo Spettatore italiano», 53-54, giugno-luglio 1989
F. Grisi, in «Il Giornale d'Italia», 2 giugno 1989
G.M. Poddighe, in «La Nuova Sardegna», 3 giugno 1989
F. Piemontese, in «Il Mattino», 6 giugno 1989
G. De Rienzo, in «Famiglia Cristiana», 7 giugno 1989
G. Giarola Tavoso, in «L'Arena» e in «Il Giornale di Vicenza», 8 giugno 1989
G. Salvadori Del Prato, in «Alto Adige», 8 giugno 1989
F. Diwan, in «Grazia», 18 giugno 1989
F. Portinari, in «Panorama», 18 giugno 1989
C. Sgorlon, in «La Nazione», 21 giugno 1989
G. Tedeschi, in «Il Popolo», 21 giugno 1989
M. Barenghi, in «Linea d'ombra», 40, luglio-agosto 1989
F.L. Galati, in «L'Osservatore Romano», 9 luglio 1989
G. Orelli, in «Azione», 13 luglio 1989
R. Mussapi, in «Il Sabato», 29 luglio 1989
D. Porzio, in «Millelibri», agosto 1989

C. Casoli, in «Città Nuova», XXXIII, 15-16, 10-25 agosto 1989
D. Marcheschi, in «il Verri», settembre-dicembre 1989
F. Piemontese, in «Il Mattino», 6 settembre 1989
P. Bruni, in «Il Tiraccio», ottobre 1989
G. Marchetti, in «Gazzetta di Parma», 18 ottobre 1989
G. Dell'Arti, in «il Venerdì» (suppl. a «la Repubblica»), 3 novembre 1989
A. Guffanti De Franceschi, in «Prosapoesia» (suppl. a «Artestampa»), 3, dicembre 1989
F. Zangrilli, in «Rivista di Studi pirandelliani», 3, VII, dicembre 1989
A. Cadioli, in «Lingua e letteratura», 14-15, 1990
G. Chiarelli, in «Informazione flash», 10 marzo 1990
C. Fruttero, F. Lucentini, in «Tuttolibri» (suppl. a «La Stampa»), 7 aprile 1990
G. Orelli, in «Azione», 12 aprile 1990
E. Rasy, in «L'Espresso», 22 aprile 1990
G. Pandini, in «La Provincia di Cremona», 28 aprile 1990
G. Amoroso, in «La biblioteca di Shaharazad», maggio 1990
F. Piemontese, in «Il Mattino», 1 maggio 1990
R. de Ceccatty, in «Il Messaggero», 5 maggio 1990
R. Oberti, in «La Provincia», 10 maggio 1990
R. Gramigna, in «Corriere della Sera», 13 maggio 1990
R. Mele, in «Il Giornale d'Italia», 15 maggio 1990
G. Ferretti, in «Panorama», 17 giugno 1990
S. Muddolon, in «L'Arena», 21 giugno 1990
E. Paccagnini, in «Il Sole-24 Ore», 24 giugno 1990
M. Dentone, in «Il Ragguaglio librario», 9 settembre 1990
M. Barenghi, Introduzione a G. Pontiggia, *La morte in banca*, Oscar Mondadori, Milano 1991

G. Mercogliano, in *Un mondo senza parole*, Pietro Lacaita Editore, Manduria-Bari-Roma 1991
F. Vitoux, in «Le Nouvel Observateur», 18 aprile 1991
R. de Ceccaty, in «Le Monde», 19 aprile 1991
A. Sarrabayrouse, in «La Quinzaine littérarie», 2 maggio 1991
G. Cherchi, in «l'Unità», 8 maggio 1991
S. Addamo, in «La Sicilia», 10 maggio 1991
M. Alloni, in «Profili letterari», I, giugno 1991
D. Marchetta, in «Gazzetta del Sud», 4 giugno 1991
A. Ederle, in «L'Arena» e «Giornale di Vicenza», 6 giugno 1991
A. Todisco, in «Il Resto del Carlino», 17 giugno 1991
M. Dentone, in «Misure Critiche», XXI, 80-81, luglio-dicembre 1991
V. Faggi, in « Giornale di Brescia», 16 luglio 1991
M. Serri, in «Wimbledon», II, 16, luglio-agosto 1991
G. Ferretti, in «Panorama», 4 agosto 1991
E. Paccagnini, in «Il Sole-24 Ore», 1 settembre 1991
A. Barberis, in «Millelibri», 46, ottobre 1991
G. Almansi, in «Panorama», 6 ottobre 1991
G. Cherchi, in «Panorama», 6 ottobre 1991
G. Pagani, in «La Provincia», 6 ottobre 1991
S. Fiori, in «la Repubblica», 12 ottobre 1991
D. Basili, in «Gazzetta del Sud», 13 ottobre 1991
G. Pampaloni, in «il Giornale», 13 ottobre 1991
G. Amoroso, in «Gazzetta del Sud», 15 ottobre 1991
F. Piemontese, in «Il Mattino», 15 ottobre 1991
R. Cotroneo, in «Wimbledon», II, 18, ottobre 1991
G. Bonura, in «Avvenire», 20 ottobre 1991
A. Sensini, in «Il Gazzettino», 20 ottobre 1991
G. Marchetti, in «Gazzetta di Parma», 23 ottobre 1991
A. Guglielmi, in «La Stampa», 26 ottobre 1991
F. Mannoni, in «La Provincia», 26 ottobre 1991
G. Pandini, in «La Provincia», 27 ottobre 1991

M. Corti, in «Millelibri», 47, novembre 1991
F. Panzeri, in «Esagono», 4 novembre 1991
S. Volpe, in «Giornale di Sicilia», 4 novembre 1991
G. Lugaresi, in «Il Gazzettino», 7 novembre 1991
C. Marabini, in «Il Resto del Carlino», 8 novembre 1991
G. Annibaldis, in «Gazzetta del Mezzogiorno», 13 novembre 1991
R. Bertacchini, in «Messaggero Veneto», 17 novembre 1991
A. Mieli, in «Famiglia Cristiana», 20 novembre 1991
P. Ruffilli, in «Il Mattino», 27 novembre 1991
G. Saltini, in «La Nuova Gazzetta di Modena», 4 dicembre 1991
C. Toscani, in «Brescia oggi», 18 dicembre 1991
R. Bertacchini, in *Il romanzo del novecento in Italia*, Edizione Studium, Roma 1992
C. Segre, C. Martignoni, in *Testi nella storia. Il Novecento*, Edizioni scolastiche Bruno Mondadori, Milano 1992
F. Zangrilli, in *La forza della parola*, Longo Editore, Ravenna 1992
F. Velonà, in «Leggere», 37, gennaio 1992
P. Cigada, in «Il Sole-24 Ore», 5 gennaio 1992
V. Volpini, in «Famiglia Cristiana», 3, 14 gennaio 1992
M. Alloni, in «Profili letterari», II, aprile 1992
E. La Stella, in «Excelsior», 75, aprile 1992
P. Pugni, in «Studi Cattolici», giugno 1992
W. Pedullà, in *Le caramelle di Musil*, Rizzoli, Milano 1993
R. Bertacchini, in «Rassegna di cultura e vita scolastica», gennaio-febbraio 1993
C. Segre, in «Corriere della Sera», 21 settembre 1993
C. Fruttero, F. Lucentini, in «Panorama», 26 settembre 1993
G. Bonura, in «Avvenire», 26 settembre 1993
E. Paccagnini, in «Il Sole-24 Ore», 26 settembre 1993
G. Pampaloni, in «il Giornale», 26 settembre 1993

L. Mondo, in «Il Tempo», 27 settembre 1993
G. Amoroso, in «Gazzetta del Sud», 28 settembre 1993
C. Marabini, in «Nuova Antologia», anno 128, fasc. 2188, ottobre-dicembre 1993
L. Mondo, in «Tuttolibri» (suppl. a «La Stampa»), XVIII, 873, ottobre 1993
G. Mameli, in «L'Unione sarda», 2 ottobre 1993
A. Longatti, in «La Provincia», 3 ottobre 1993
F. Mannoni, in «La Provincia», 3 ottobre 1993
M. Rusconi, in «L'Espresso», 3 ottobre 1993
M. Barenghi, in «l'Unità», 4 ottobre 1993
N. Salvalaggio, in «Il Gazzettino», 4 ottobre 1993
L. Di Malta, in «Grazia», 6 ottobre 1993
C. De Michelis, in «L'Arena», 9 ottobre 1993
A. Mieli, in «Il Giorno», 10 ottobre 1993
L. Doninelli, in «Il Sabato», 16 ottobre 1993
R. Bertacchini, in «l'Indipedente», 17 ottobre 1993
A. Giuliani, in «la Repubblica», 20 ottobre 1993
L. Grazioli, in «Il manifesto», 21 ottobre 1993
I. Servello, in «Giornale di Sicilia», 23 ottobre 1993
A. Guglielmi, in «L'Espresso», 24 ottobre1993
A. Tinterri, in «Il Secolo XIX», 24 ottobre 1993
P. Pugni, in «L'Eco di Bergamo», 28 ottobre 1993
I. Rosato, in «Corriere del Ticino», 28 ottobre 1993
L. Romano, in «Panorama», 31 ottobre 1993
P. Ruffilli, in «La tribuna», 13 novembre 1993
R. Minore, in «Il Messaggero», 17 novembre 1993
G. Calciolari, in «Altra Italia», dicembre 1993
V. Coletti, in «L'Indice dei libri del mese», dicembre 1993
C. Toscani, in «Il Ragguaglio librario», LX, 12, dicembre 1993
F. Piemontese, in «Il Mattino», 28 dicembre 1993
M. Barenghi, *Tirature-'94*, Baldini & Castoldi, Milano 1994

G. Fofi, in «Linea d'Ombra», 89, gennaio 1994
G. Raboni, in «Nuovi Argomenti», 49, gennaio-marzo 1994
S. Valzania, in «Agonistika News», anno IV, n. I, gennaio-marzo 1994
L. Caricato, in «Voce del Sud», 8 gennaio 1994
M. Dentone, in «Bacherontius», febbraio 1994
V.M. Oreggia, in «Leggere», VII, 57, febbraio 1994
A. Guffanti de Franceschi, in «Prosapoesia» (suppl. a «Artestampa»), marzo 1994
R. Mussapi, in «Gazzetta di Parma», 1 giugno 1994
F. Parazzoli, in «Famiglia Cristiana», 20 luglio 1994
R. Barilli, in «L'immaginazione», 113, agosto-settembre 1994
L. Fontanella, in «America oggi», 18 dicembre 1994
F. Parazzoli, in «Famiglia Cristiana, 50, 21 dicembre 1994
R. Barilli, in *La neoavanguardia italiana*, Il Mulino, Bologna 1995
K. Ernst, in «ORF», 12 marzo 1995
S., in «Fraulisches Tag», 25 marzo 1995
U. März, in «Die Zeit», 7 aprile 1995
R. Meyer, in «Göttinger Tageblatt», 8 aprile 1995
R.H. Wiegenstein, in «Süddeutsche Zeitung», 8 aprile 1995
R. Konersmann, in «Faz», 11 aprile 1995
S. Schulze-Gattermann, in «Hamburger Abendblatt», 18 aprile 1995
K. Deventer, in «Berliner Zeitung», 20 aprile 1995
A. Giuliani, in «la Repubblica», 17 dicembre 1995
D. Marcheschi, Postfazione a G. Pontiggia, *La grande sera*, ediz. riveduta, Oscar Mondadori, Milano, 1995
G. Marchetti, in «Il Giorno», 4 febbraio 1996
F. Parazzoli, in «Famiglia Cristiana», 7 febbraio 1996
M. Corti, in «la Repubblica», 8 febbraio 1996

C. De Michelis, in «Brescia oggi», 10 febbraio 1996
G. Bonura, in «Avvenire», 10 febbraio 1996
C. Fruttero, F. Lucentini, in «Tuttolibri» (suppl. a «La Stampa»), 10 febbraio 1996
L. Canali, in «il Giornale», 12 febbraio 1996
A. Carandente, in «Giornale di Napoli», 15 febbraio 1996
F. Piemontese, in «Il Mattino», 21 febbraio 1996
G. De Rienzo, in «Sette» (suppl. al «Corriere della Sera»), 22 febbraio 1996
A. Bevilacqua, in «Grazia», 23 febbraio 1996
L. Romano, in «Panorama», 29 febbraio 1996
E. Siciliano, in «L'Espresso», 15 marzo 1996
P.V. Mengaldo, in «l'Unità», 18 marzo 1996
E. Paccagnini, in «Il Sole-24 Ore», 31 marzo 1996
V. Faggi, in «Oggi e domani», anno XXIV, n. 4, aprile 1996
G. Ruozzi, in *Scrittori italiani di aforismi*, Mondadori, Milano 1996
A. Mundula, in «L'Osservatore romano», 24 aprile 1996
F. Napoli, in «Gazzetta di Parma», 22 maggio 1996
A. Flammia, in «Metropolitan», vol. 5, n. 9, Roma, 27 maggio-6 giugno 1996
L. Fontanella, in «America oggi», 16 giugno 1996
G. Raboni, in «Corriere della Sera», 1 agosto 1996
A. Carandente, in «Dromena», 1996
P. Lepape, in «Le Monde», 11 ottobre 1996
E. Testa, in *Lo stile semplice. Discorso e romanzo*, Einaudi, Torino 1997
G. Amoroso, in *Il cenacolo degli specchi*, Salvatore Sciascia editore, Caltanissetta-Roma 1997
F. Napoli, in «Letture», anno LII, quaderno 538, giugno-luglio 1997
G.B. Nazzaro, in «Secondo Tempo», 1998

L. Mondo, in «Tuttolibri» (suppl. a «La Stampa»), 24 settembre 1998
R. Barbolini, in «Panorama», 1 ottobre 1998
R. Damiani, in «Il Gazzettino», 4 ottobre 1998
F. Parazzoli, in «Famiglia Cristiana», 4 ottobre 1998
S. Pautasso, in «Corriere del Ticino», 5 ottobre 1998
M. Corti, in «la Repubblica», 7 ottobre 1998
C. Segre, in «Corriere della Sera», 8 ottobre 1998
L. Doninelli, in «Il Giornale», 10 ottobre 1998
G. Riotta, in «IO Donna» (suppl. al «Corriere della Sera»), 10 ottobre 1998
G. Bonura, in «Avvenire», 10 ottobre 1998
F. Napoli, in «Gazzetta di Parma», 13 ottobre 1998
G. Marchetti, in «Gazzetta di Parma», 13 ottobre 1998
G. Montesano, in «Diario», anno III, n. 40, 14-20 ottobre 1998
D. Fiesoli, in «Il Tirreno», 15 ottobre 1998
A. Di Mauro, in «La Sicilia», 17 ottobre 1998
F. Piemontese, in «Il Mattino», 19 ottobre 1998
C. Augias, in «il Venerdì» (suppl. a «la Repubblica»), 23 ottobre 1998
A. Mundula, in «L'Osservatore Romano», 24 ottobre 1998
F. Mannoni, in «L'Eco di Bergamo», 24 ottobre 1998
G. De Rienzo, in «la Repubblica», 29 ottobre 1998
P. Gelli, in «Capital», 1 novembre 1998
G. Orelli, in «Azione», 5 novembre 1998
G. Pandini, in «La Provincia», 12 novembre 1998
M. Beck, in «Letture», anno LIII, quaderno 552, dicembre 1998
G. Pandini, in «Oggi e domani», n. 11-12, 1998
E. Golino, in «L'Espresso», 17 dicembre 1998
C. Toscani, in «Studi cattolici», dicembre 1998
D. Marcheschi, in «Società lucchese dei lettori», 1988-1998

L. Marchini, in «Società lucchese dei lettori», 1988-1998
C. Carena, in «Il Sole-24 Ore», 20 dicembre 1998
M. Dentone, in «Tecnologie, trasporti, mare», n. 11, dicembre 1998
S. Valzania, in «Agonistika News», anno VIII, n. 3-4, dicembre 1998
G.B. Nazzaro, in «Secondo Tempo», libro quinto, 1999
R. Salsano, in «Studi medievali e moderni», 2, 1999
A. Albertini, in «Giornale di Brescia», 30 gennaio 1999
P. Fornaro, in «L'Indice dei libri del mese», XVI, 2, febbraio 1999
L. Goffi, in «Annali manzoniani», Nuova serie III, 1999
G. Sias, in «La Voce di Mantova», 31 marzo 1999
M. Forti, in «Nuova Antologia», n. 2211, luglio-settembre 1999
A. Dosi, in «Silarus», n. 205, anno IXL, settembre-ottobre 1999
F. Zinelli, in «Tratti 52», autunno 1999
C. De Santis, in *Lingua d'autore*, a cura di F. Gatta e R. Tesi, Carocci, Roma 2000
G. Sias, in «La Clessidra», 1, 2000
C. Catenacci, in «Quaderni urbinati di cultura classica», N.S., 64, 1, 2000
V.M. Oreggia, in «Lo stato delle cose», 10, 11, 2000
C. Nesi, in «Strumenti critici», 92, anno XV, n. 1, gennaio 2000
N. Borsellino, W. Pedullà (a cura di), in *Letteratura italiana del Novecento*, Larousse-Rizzoli, gennaio 2000, voll. I e III
A. Giuliani, in «la Repubblica», 26 agosto 2000
G. Raboni, in «Corriere della Sera», 2 settembre 2000
L. Doninelli, in «il Giornale», 2 settembre 2000
W. Mauro, in «Il Tempo», 3 settembre 2000
A. Ederle, in «L'Arena», «Giornale di Vicenza», «Brescia oggi», 6 settembre 2000

G. Marchetti, in «Gazzetta di Parma», 7 settembre 2000
F. Napoli, in «Gazzetta di Parma», 7 settembre 2000
G. Bertone, in «Il Secolo XIX», 7 settembre 2000
A. D'Orrico, in «Sette» (suppl. al «Corriere della Sera»), 7 settembre 2000
M. Trecca, in «Gazzetta del Mezzogiorno», 8 settembre 2000
L. Mondo, in «Tuttolibri» (suppl. a «La Stampa»), 9 settembre 2000
A. Carandente, in «Roma», 9 settembre 2000
R. Damiani, in «Il Gazzettino», 10 settembre 2000
A. Longatti, in «La Provincia», 11 settembre 2000
R. Minore, in «Il Messaggero», 12 settembre 2000
D. Fiesoli, in «Il Tirreno», 12 settembre 2000
L. Zega, in «La Stampa», 13 settembre 2000
R. Barbolini, in «Panorama», 14 settembre 2000
F. Scaparro, in «Corriere della Sera», 15 settembre 2000
G. Dioguardi, in «Il Mattino», 15 settembre 2000
M. Onofri, in «Diario», 15 settembre 2000
G. Amoroso, in «Gazzetta del Sud», 19 settembre 2000
R. Cotroneo, in «L'Espresso», 21 settembre 2000
F. La Porta, in «Il manifesto», 21 settembre 2000
D. Marcheschi, in «Libero», 21 settembre 2000
N. Salvalaggio, in «Il Tempo», 21 settembre 2000
G. Borgese, in «IO Donna» (suppl. al «Corriere della Sera»), 25 settembre 2000
A. Paolini, in «Il Messaggero Veneto», 25 settembre 2000
M. Belpoliti, in «Il manifesto», 30 settembre 2000
P. Gelli, in «Linus», ottobre 2000
F. Parazzoli, in «Letture», ottobre 2000
V. Orsenigo, in «Quaderni di catarsi» (inserto di «Teatri della diversità»), V, 15, ottobre 2000
A. Mundula, in «L'Unione sarda», 1 ottobre 2000
C. Carena, in «Corriere del Ticino», 7 ottobre 2000
E. Paccagnini, in «Il Sole-24 Ore», 15 ottobre 2000

G. De Rienzo, in «Corriere della Sera», 15 ottobre 2000
C. Bo, in «Gente», 19 ottobre 2000
A. Sofri, in «Il Foglio», 19 ottobre 2000
L. Fontanella, in «America oggi», 22 ottobre 2000
M. Dentone, in «Salpare», XI, 44, ottobre-novembre 2000
C. Toscani, in «L'Osservatore romano», 1 novembre 2000
C. Marabini, in «Il Giorno», «La Nazione», «Il Resto del Carlino», 12 novembre 2000
G. Montefoschi, in «IO donna» (suppl. al «Corriere della Sera»), 25 novembre 2000
D. Marcheschi, *Destino e sorpresa*, Editrice C.R.T., novembre 2000
G. Cavallini, in «Critica letteraria», n. 108, Loffredo Editore, Napoli, dicembre 2000
M. Castaldi, in «L'Indice dei libri del mese», XVII, 12, dicembre 2000
V. Coletti, in «L'Indice dei libri del mese», XVII, 12, dicembre 2000
F. Giancanelli, in «L'Indice dei libri del mese», XVII, 12, dicembre 2000
S. Perrella, in «L'Indice dei libri del mese», XVII, 12, dicembre 2000
P. Pugni, in «Studi cattolici», dicembre 2000
S. Scognamiglio, in «L'Esopo», dicembre 2000
F. Piemontese, in «L'immaginazione», n. 173, dicembre 2000
L. Manconi, in «Il Resto del Carlino», «Il Giorno», 3 dicembre 2000
R. Bertacchini, in «Libero», 13 dicembre 2000
F. Piemontese, in «Il Mattino», 14 dicembre 2000
V. Fortichiari, in «Brescia oggi» e «L'Arena», 16 dicembre 2000
P. Di Stefano, in «Corriere della Sera», 17 dicembre 2000

A. Grasso, in «Corriere della Sera», 17 dicembre 2000
S. Giametta, in «Il Giornale di Vicenza», 28 dicembre 2000
G. Bonura, in «Avvenire», 29 dicembre 2000
B. Nacci, in «La Rivista del clero italiano», LXXXII, 1, gennaio 2001
G.B. Nazzaro, in «Secondo Tempo», libro undicesimo, gennaio 2001
A. Guglielmi, in «Diario», 12-18 gennaio 2001
A. Carandente, in «Roma», 14 gennaio 2001
M. Giaveri, in «Corriere del Mezzogiorno», 24 gennaio 2001
G. Ravasi, in «Avvenire», 6 febbraio 2001
M.R. Bricchi, in «Autografo», XVII, 42, gennaio-giugno 2001
M. Forti, in «Nuova Antologia», n. 2219, luglio-settembre 2001
N. Minissi, in «Belfagor», anno LVI, 31 luglio 2001
S. Salis, in «Il Sole-24 Ore», 16 settembre 2001
S. Fares, in «Corriere del Ticino», 18 settembre 2001
R. Salsano, in «Critica letteraria», n. 112, fascicolo III, 2001
G.C. Ferretti, in «Esperienze letterarie», anno XXVI, 2, 2001
A. Battistini, in « Studi di estetica», 2001
C. Martignoni, in *Leggere il mondo* (a cura di C. Segre e C. Martignoni), vol. VIII, Edizioni scolastiche Bruno Mondadori, Milano 2001
G. Ferroni, in *Storia della letteratura italiana. Il Novecento* (a cura di N. Borsellino e L. Felici), vol. I, Garzanti, Milano 2001
G. Ruozzi, in G. Cantarutti, *La scrittura aforistica*, Il Mulino, Bologna, 2001
V. Spinazzola, in *Tirature 2002*, il Saggiatore-Fondazione Mondadori, Milano 2002

A. Carandente, in *Il paradosso dell'evidenza*, Marcus Edizioni, gennaio 2002
A. Dosi, in «Silarus», n. 219, gennaio-febbraio 2002
L. Doninelli, in «Tracce», marzo 2002
P. Di Stefano, in «Weltwoche», 4 aprile 2002
M.A. Rigoni Stern, in «Corriere della Sera», 20 agosto 2002
G. Raboni, in «Corriere della Sera», 25 agosto 2002
S. Nigro, in «Il Sole-24 Ore», 25 agosto 2002
S. Sereni, in «Donna Moderna», 28 agosto 2002
R. Minore, in «Il Messaggero», 29 agosto 2002
S. Fares, in «Corriere del Ticino», 29 agosto 2002
G. Martini, in «Gazzetta di Parma», 30 agosto 2002
N. Salvalaggio, in «Il Tempo», 30 agosto 2002
S. Giametta, in «Il Giornale», 31 agosto 2002
A. Albertini, in «Il Giornale di Brescia», 31 agosto 2002
G. Bonura, in «L'Avvenire», 31 agosto 2002
F. Mannoni, in «L'Eco di Bergamo», 1° settembre 2002
G. Amoroso, in «Gazzetta del Sud», 1° settembre 2002
A. Paolini, in «Messaggero Veneto», 3 settembre 2002
A. Longatti, in «La Provincia», 4 settembre 2002
L. Mondo, in «Tuttolibri» (suppl. a «La Stampa»), 7 settembre 2002
M. Belpoliti, in «Alias» (suppl. al «Manifesto»), 7 settembre 2002
F. Napoli, in «Gazzetta di Parma», 8 settembre 2002
G. Orelli, in «Azione», 11 settembre 2002
R. Bertacchini, in «Libero», 11 settembre 2002
F. Piemontese, in «Il Mattino», 12 settembre 2002
F. Portinari, in «L'Unità», 12 settembre 2002
P. Petroni, in «Gazzetta del Sud», 17 settembre 2002
G. Galetto, in «Bresciaoggi», 18 settembre 2002
E. Golino, in «L'Espresso», 19 settembre 2002
F. Parazzoli, in «Famiglia Cristiana», n. 38, 22 settembre 2002
F. La Porta, in «Il Manifesto», 25 settembre 2002

R. Barbolini, in «Panorama», 26 settembre 2002
A. Giuliani, in «La Repubblica», 27 settembre 2002
G. Montefoschi, in «IO Donna», n. 38, 28 settembre 2002
N. Naldini, in «Il Piccolo», 30 settembre 2002
C.F. Colucci, in «Riscontri», anno XXIV, n. 3, luglio-settembre 2002
V. Faggi, in «Le Rassegne di oggi e domani», settembre 2002
G. Bonina, in «Stilos», 1° ottobre 2002
G. Bertone, in «Il Secolo XIX», 2 ottobre 2002
M. Onofri, in «Diario», 3 ottobre 2002
D. Fiesoli, in «Il Tirreno», 5 ottobre 2002
G. De Rienzo, in «Corriere della Sera», 13 ottobre 2002
A. Magistà, in «Il Venerdì di Repubblica», 18 ottobre 2002
A. Guglielmi, in «L'Unità», 29 ottobre 2002
M. Beck, in «Letture», ottobre 2002
F. Lanza, in «Cenobio», anno LI, ottobre-dicembre 2002
A. Carandente, in «Secondo Tempo», libro 16°, Marcus Edizioni, ottobre 2002
C. Marabini, in «Nuova Antologia», ottobre-dicembre 2002
L. Desiato, in «Il Nostro Tempo», 10 novembre 2002
C. Toscani, in «L'Osservatore Romano», 13 novembre 2002.
G. Bertone, in «L'Indice dei libri del mese», anno XIX, n. 11, novembre 2002
C. Uguccioni, in «Club 3», anno XIV, n. 11, novembre 2002
M. Drudi, in «Pulp Libri», n. 40, novembre 2002
M. Dentone, in «Salpare», anno XIV, n. 50, novembre-dicembre 2002
A. Castronuovo, in «Cartapesta», n. 8, luglio-dicembre 2002
P. Pugni, in «Studi Cattolici», n. 502, dicembre 2002
A. Flammia, in «Città Nuova», anno XLVII, n. 3, 25 aprile 2003

GIUSEPPE PONTIGGIA

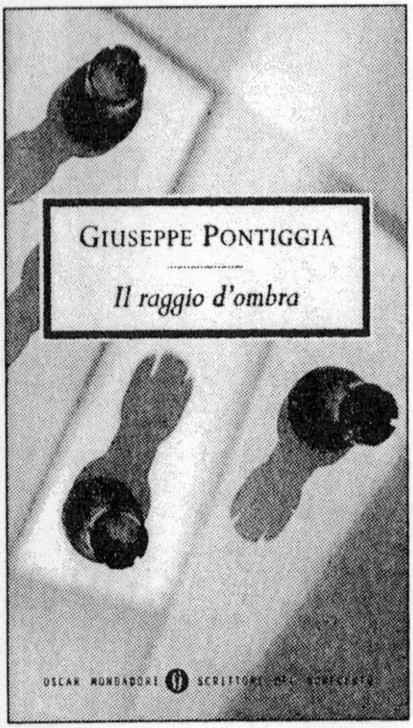

IL RAGGIO D'OMBRA

Un evaso politico si rifugia presso alcuni compagni clandestini; ma ricambia l'aiuto con il tradimento, e li fa arrestare. Tra suspense e ironia, un romanzo imprevedibile basato su un fatto accaduto nel 1927.

(n. 896), pp. 176,
cod. 439834, € 6,40

IL GIOCATORE INVISIBILE

Dalle pagine di una rivista un anonimo lettore attacca un illustre professore all'apice della carriera. Chi è l'inafferrabile avversario? E qual è il segreto del suo astio?

(n. 983), pp. IV-268,
cod. 442926, € 6,80

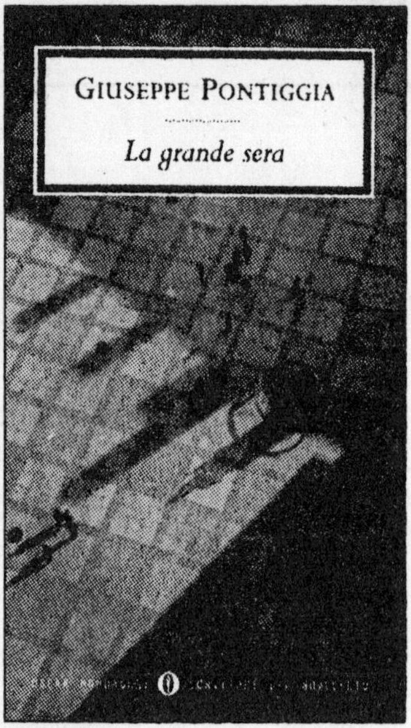

LA GRANDE SERA

Un benestante uomo d'affari di mezza età, stanco delle responsabilità e dei soliti legami, scompare nel nulla per rifarsi una vita. Un romanzo che è una meditazione sull'esistenza di oggi.

(n. 1564), pp. 272,
cod. 448809, € 6,80

VITE DI UOMINI NON ILLUSTRI

Diciotto biografie immaginate di altrettanti personaggi. Esistenze oscure di uomini e donne comuni ma, come tutte, segnate da pathos e violenza, grandezza e meschinità.

(n. 1704), pp. 280,
cod. 450987, € 7,80

GIUSEPPE PONTIGGIA

GIUSEPPE PONTIGGIA

I CONTEMPORANEI DEL FUTURO

Dalla navigazione degli Argonauti alla stufa di Cartesio, dagli amori di Ovidio ai pirati di Defoe, un modo estroso e vitale di avvicinarsi alla lettura dei grandi autori del passato.

(n. 1763), pp. 280,
cod. 450931, € 7,40

L'ISOLA VOLANTE

Da uno dei massimi scrittori contemporanei una raccolta di "appunti di viaggio", brevi saggi, divagazioni e perlustrazioni nell'universo della grande letteratura, da Omero al Novecento.

(n. 1792), pp. 291,
cod. 450485, € 6,80

«Prima persona»
di Giuseppe Pontiggia
Oscar scrittori del Novecento
Arnoldo Mondadori Editore

Questo volume è stato stampato
presso Mondadori Printing S.p.A.
Stabilimento NSM - Cles (TN)
Stampato in Italia. Printed in Italy

52103
2003